書下ろし

あられもなく

ふしだら長屋劣情記

睦月影郎

祥伝社文庫

目次

第一章　女の匂いに酔《よ》いしれて

一

（もう、丸一年半になるか……）

梶沢大悟《かじさわだいご》は、床《とこ》を敷き延《の》べながら、片隅にある二親《ふたおや》の位牌《いはい》を見て思った。

今は長屋暮らしに落ち着いているが、むろん仕官《しかん》をして名を残そうという気持ちは忘れたことがない。

それでも、どこかの藩邸に出向いて仕官を願い出るというような行動は起こしていない。それだけ日々の暮らしに追われているのだった。

大悟は二十五歳、高幡《たかはた》藩五万石の家臣だったが、父の切腹により改易《かいえき》となって屋敷も没収され、浪人となり一年半が経《た》っていた。

今は近所の商家の子供たちを集めて読み書き算盤《そろばん》の手習い師匠となり、僅《わず》かな束脩《そくしゅう》で生計《たつき》を立てている。

ここは神田《かんだ》の外れにある貧乏長屋である。

もっとも束脩の他にも、表通りで桃屋《ももや》という小間物屋《こまものや》を営《いとな》んでいる大家《おおや》の美保《みほ》をはじめ、長屋のおかみさんたちも何かと米やら総菜《そうざい》やらを持ってきてくれるので助かっていた。

最初の頃は武士の矜持《きょうじ》があり断っていたが、子供らと仲良くなると、その母親たちの情にも触れ、頑《かたく》なに拒《こば》むのもどうかと思い、今は有難く好意に甘えるようになった。

浪人暮らしで総髪になったが、毎日櫛《くし》で髪を整え、無精髭《ぶしょうひげ》も剃《そ》って洗濯もマメにし、小綺麗《こぎれい》にしているのでおかみさんたちの受けは良いようだ。

そして何より、浪人になった経緯など誰も立ち入ったことを訊《き》いてこないのも気が楽であった。もとより武家のことなど興味がないのだろう。

大悟は一人っ子で、母親は幼い頃に病で亡《な》くしていた。

父の善吾郎《ぜんごろう》は藩の勘定方組頭《かんじょうがたくみがしら》であった。だから大悟も、武芸より書と算盤ばかり父に鍛《きた》え込まれ、もう間もなく跡を継ごうかという矢先に帳簿の不正が発覚、善吾郎は言い訳一つせず、疑いを持たれたのは我が身の不徳と、潔《いさぎよ》く腹を切ってしまったのである。

むろん大悟は父の不正など信じてはいないが、本人が死んでしまったからには調べようもなく、命《めい》ぜられるまま藩を追われたのだ。

（琴音《ことね》さんは、どうしているだろう。もう嫁《とつ》いだろうな……）

大悟は嘆息《たんそく》し、かつての許婚《いいなずけ》のことを思い出した。

琴音の父親は定番組頭《じょうばんくみがしら》で、勘定方組頭で同格の善吾郎とも懇意《こんい》にしており、親同士が決めた婚儀だったが大悟は、美しい琴音と祝言《しゅうげん》を挙げることを楽しみにし、浪人してからも、その面影《おもかげ》で手すさびばかりしていた。

彼女も、もう二十三となっているから、大悟が藩を出て間もなくどこかへ嫁ぎ、すでに子を成しているかも知れない。

一度で良いから触れたいと思いつつ、それも叶《かな》わず、大悟は無垢《むく》のまま今日まで来てしまった。

仕官と、出来れば父の無実の罪を晴らすという二つの願いも、すでに一年半が経ち、今は我が身に膨《ふく》れ上がる淫気ばかり持て余し、空《むな》しいと思いつつ日に二度三度と熱い精汁を放ってしまうのである。

そして今は、かつて数度顔を見ただけの琴音よりも、何かと世話を焼いてくれる美保の面影で我が身を慰《なぐさ》めてしまうようになっていた。

さて、今宵《こよい》もそろそろ抜いて寝ようかと思い、寝巻に着替えた矢先、静かに戸が叩《たた》かれた。

先ほど聞こえてきた鐘《かね》は五つ（夜八時頃）だから、まだ宵の口である。

「はい……、どなた……」

「もうお休みでしたか。紙をお持ちしたのですが」

美保であった。小間物屋をしている彼女は、手習いのための紙や筆、墨《すみ》なども用意してくれていた。

「ただいま」

大悟は答え、心張《しんば》り棒《ぼう》を外して戸を開けた。

入ってきたのは三十八歳になり、先年婿《むこ》養子の夫を喪《うしな》った後家《ごけ》の美保。色白の良い熟《う》れ盛《ざか》りで、今も大悟は彼女の面影で手すさびしようと思っていたところである。

「いつも申し訳ありません」

大悟は紙の束を受け取り、礼を言った。

「寝るところでしたか。少しお話が」

「はい、どうぞ」

言われて大悟が答えると、美保は戸締まりをして上がり込んできた。

美保が布団《ふとん》の脇に座ると、彼はほのかに漂《ただよ》う甘い匂いに股間が反応してきてしまった。

「本当は、大悟さんを咲《さき》のお婿さんにと願ったことはあったけれど、やはり仕官の夢はおありでしょうから諦《あきら》めることにしました」

咲とは、十八になる美保の一人娘で桃屋の看板娘。手習いの手伝いにも来てくれ、子供たちに菓子を持ってきてくれる気立ての良い子だった。

「はあ……」

美保にそのような心づもりがあったなどとは知らなかった大悟は、何と答えて良いか分からず戸惑った。

「でも咲の相手を諦めると、急に私が欲しくなってしまって……。お互い一人なのだから、寂しいときは慰め合うのも悪くないと思いまして。お一人では、淫気に悶々《もんもん》となさることもあるでしょう」

「そ、それは……」

大悟は、美保の色っぽい眼差《まなざ》しに股間を熱くさせて頷《うなず》いた。

「もう女はご存じですか」

「いえ、まだ……。許婚はいたのですが触れもせぬうちに破談《はだん》になりました。然《しか》るべき場所に行くような金ももちろんありませんので……」

大悟は正直に答えた。

「ならば、筆下ろしは私で構いませんか」

美保が、熱っぽい眼差しを向けて言った。彼女も淫気を溜《た》め込み、相当な決心で来たのだろう。

「も、もちろんです……。美保さんが教えてくれるのであれば、申し分ありません」

大悟は答えながら、全身の血が股間に集中し、あまりの興奮で目眩《めまい》を起こしそうになった。いや、実はあのまま眠ってしまい、日頃から願っている夢でも見ているのではないかとさえ思った。

「では、脱ぎましょう」

美保もかなり緊張しているようだが、そこはさすがに大悟より一回り以上歳上だし、子も大きいし、女将《おかみ》としての貫禄《かんろく》がそうさせるのか、迷うことなく帯を解きはじめる。

大悟も、着替えたばかりの寝巻を脱ぎはじめた。

期待に胸が張り裂けそうになり、震える指で下帯《したおび》も取り去ると、最大限に勃起した一物がぶるんと弾《はじ》けるように露《あら》わになった。

大悟が先に布団に横たわると、彼女も着物を脱ぎ、背を向けて襦袢《じゅばん》の前を開き、腰巻を取り去ってから腰を下ろし、最後にはらりと襦袢を脱ぎ去って添い寝してきた。

着物の内に籠《こ》もっていた熱気が、さらに甘ったるい匂いを含んで艶《なま》めかしく室内に立ち籠めた。

「さあ、お好きなように」

美保が囁《ささや》くので、大悟も勇気を出して積極的に肌を寄せ、甘えるように腕枕してもらった。

「アア、可愛《かわい》い……」

美保も感極まったように声を洩《も》らし、彼の顔をギュッときつく胸に抱きすくめてくれた。

何とも豊かな白い膨《ふく》らみに顔中が埋まり込むと、大悟は心地よい窒息《ちっそく》感に噎《む》せ返り、隙間《すきま》から呼吸すると何とも甘ったるい体臭が鼻腔《びこう》を刺激してきた。

（夢でなく、とうとう女に触れているんだ……）

大悟は感激と匂いに包まれながら思い、鼻先にある乳首にチュッと吸い付き、舌で転がしながら顔中で膨らみの感触を味わった。

「ああ……、いい気持ち……」

美保もうっとりと声を洩らし、ヒクヒクと熟れ肌を震わせた。

大悟も次第に夢中になり、膨らみに手を這《は》わせながら、もう片方の乳首にも吸い付いて舐《な》め回すと、彼女も仰向《あおむ》けの受け身体勢になり、自然に彼はのしかかる形になった。

左右の乳首を交互《こうご》に舐めて吸い付くと、美保は少しもじっとしていられないようにクネクネと身悶《みもだ》え、熱い息遣いを繰り返していた。

乳首を味わい尽くすと、さらに彼は美保の腕を差し上げ、腋《わき》の下にも鼻を埋め込んでいった。

色っぽい腋毛は生ぬるく湿り、何とも甘ったるい汗の匂いが濃厚に沁《し》み付き、悩ましく鼻腔を搔《か》き回した。

大悟は美女の熟れた体臭で胸を満たし、さらに白く滑《なめ》らかな肌を舐め降りていった。肉づきが良く、どこも吸い付くような餅《もち》肌で、彼は形良い臍《へそ》を探りながら、顔中で腹部の弾力を味わった。

好きにして良いと言ったたし、隅々まで味と匂いを知りたい願望があった彼は、さらに豊満な腰からムッチリした太腿《ふともも》、脚を舐め降りて足首までゆき、回り込んで足裏にも舌を這わせてしまった。

踵《かかと》から土踏まずを舐め、縮こまった指の間に鼻を割り込ませて嗅《か》ぐと、そこは生ぬるい汗と脂にジットリ湿り、蒸《む》れた匂いが濃く沁み付いていた。

二

「あう、ダメです。お武家様がそんなところ……」

大悟が爪先《つまさき》にしゃぶり付き、指の股《また》にヌルッと舌を挿《さ》し入れて味わうと、美保がビクッと反応して呻《うめ》いた。

それでも拒むことはしないので、大悟は全ての指の間を味わい、もう片方の爪先も味と匂いを貪《むさぼ》り尽くしてしまった。

そして股を開かせると、脚の内側を舐め上げながら白く量感ある内腿を舌でたどり、熱気と湿り気の籠もる股間に迫った。

（とうとう美女の陰戸にたどり着いたんだ……）

大悟は興奮と感激に目を凝らし、初めて見る女体の神秘《しんぴ》に胸を弾《はず》ませた。

ふっくらした丘には黒々と艶《つや》のある恥毛が茂り、肉づきが良く丸みを帯《お》びた割れ目からは、桃色の花びらがはみ出していた。

そっと指を当てて陰唇を左右に広げると、微《かす》かにクチュッと湿った音がして中身が丸見えになった。

かつて咲が生まれ出てきた膣口が襞《ひだ》を入り組ませ、ヌメヌメと大量の蜜汁にまみれて息づき、ポツンとした尿口の小穴も確認できた。

包皮の下からは小指の先ほどもあるオサネが、光沢を放ってツンと突き立っていた。

「アア、そんなところ、見るものじゃないわ……」

美保が股間に彼の熱い視線と息を感じ、ヒクヒクと小刻みに下腹を波打たせながら喘《あえ》いだ。

もう堪《たま》らず、大悟は吸い寄せられるように顔を埋め込んでしまった。

柔らかな茂みに鼻を擦《す》りつけて嗅ぐと、隅々に籠もった汗とゆばりの匂いが生ぬるく蒸れて鼻腔を刺激し、彼はうっとりと胸を満たしながら舌を挿し入れていった。

ヌメリは淡《あわ》い酸味を含んで舌の動きを滑らかにさせ、彼が息づく膣口から柔肉《やわにく》をたどり、味わうようにゆっくりオサネまで舐め上げていくと、

「アアッ……！」

美保が声を上ずらせて喘ぐなり、思わず内腿でキュッときつく彼の両頬《ほお》を挟《はさ》み付けてきた。

大悟は豊満な腰を抱え、チロチロと舌先で弾《はじ》くようにオサネを舐めると、さらに淫水の量が格段に増したようだ。

「あう……、そんなところ、舐めてもらえるなんて……」

美保は朦朧《もうろう》として声を震わせ、本当に男の顔が股間にあるのか確かめるように手で彼の頬に触れてきた。

なおも執拗《しつよう》に舐め、オサネにチュッと吸い付くと、

「も、もう駄目……、いきそう……」

美保が嫌々をして言い、彼の顔を股間から引き離しにかかった。

ようやく大悟も舌を引っ込め、そのまま美保の両脚を浮かせ、白く豊かな尻の谷間に迫った。

桃色の蕾《つぼみ》に鼻を埋めると、顔中に双丘が心地よく密着した。

蕾には蒸れた微香が籠もり、悩ましく胸に沁み込んできた。

美女の恥ずかしい匂いを充分に嗅いでから、舌先でチロチロとくすぐるように蕾を舐めて濡らし、ヌルッと潜《もぐ》り込ませて滑らかな粘膜を探ると、

「あう、駄目、何するんです……」

美保が驚いたように呻き、キュッと肛門で舌先を締め付けてきた。

大悟が内部で舌を蠢《うごめ》かせて粘膜を味わうと、鼻先にある割れ目からは、さらに新たな淫水がトロトロと溢れてきた。

ようやく脚を下ろし、再びヌメリを掬《すく》い取ってオサネに吸い付くと、

「も、もう堪忍《かんにん》……」

とうとう美保がビクッと反応し、絶頂を迫らせて言うなり、彼の顔を股間から押し出してしまった。

そして股を閉じて横向きになり、身体を丸めた。

移動した大悟は、また彼女の正面に添い寝し、喘ぐ口に鼻を当て、熱く湿り気ある吐息を嗅いで高まった。

美保の口からは白粉《おしろい》のように甘い匂いが洩れ、その刺激が鼻腔から胸に沁み込み、さらに一物へと伝わっていった。

充分に嗅いでから唇《くちびる》を重ね、舌を挿し入れながら彼女の手を握り、一物に導いていった。

「ンン……」

すると美保は熱く鼻を鳴らしてネットリと舌をからめ、やんわりと強《こわ》ばりを手のひらに包み込み、ニギニギと刺激してくれた。

大悟も、生まれて初めて触れられる快感に幹を震わせながら、生温かな唾液《だえき》に濡れて滑らかに蠢く美女の舌を舐め回した。

「お、大きいわ……、見せて……」

と、美保が唇を離して囁き、顔を移動させていった。

大悟が仰向けの受け身体勢になると、美保も自分がされたように彼を大股開きにさせ、真ん中に腹這い顔を寄せてきた。

「ああ……」

今度は大悟が、股間に美女の視線と息を感じて喘ぐ番だった。

美保は、そろそろと幹を撫《な》で、張り詰めた亀頭にも触れてきた。

「大きくて硬いわ。それに若い男の匂い……」

美保が言うなり、まずふぐりに舌を這わせてきたのだ。

二つの睾丸を転がし、袋全体を生温かな唾液にまみれさせると、顔を進めて肉棒の裏側をゆっくり舐め上げてきた。

「く……！」

大悟は快感に呻き、懸命に肛門を引き締めて暴発を堪《こら》えた。

滑らかな舌が先端まで来ると、彼女は幹に指を添え、粘液の滲《にじ》む鈴口をチロチロと舐め、亀頭にもしゃぶり付いた。

さらにスッポリと喉《のど》の奥まで呑《の》み込むと、幹を口で丸く締め付けて吸い、熱い鼻息で恥毛をそよがせながら、口の中ではクチュクチュと舌が蠢き、たちまち肉棒全体は美女の唾液に生温かく浸《ひた》った。

「い、いきそう……」

いよいよ危うくなって口走ると、美保もすぐにスポンと口を引き離した。

「いいわ、入れて下さいませ……」

「どうか、美保さんが上から跨《また》いで……」

彼女が言い、大悟は胸を高鳴らせて答えた。

「そんな、お武家様を跨ぐなんて……」

「最初は、茶臼《ちゃうす》（女上位）で教わりたいと願っていたので……」

彼が言うと、美保も意を決し、身を起こして前進してきた。

そして一物に跨がると片膝を突いて、幹を握って先端に割れ目を押し当ててきた。さらに自ら陰唇を指で広げ、やがて位置を定めると、腰を沈めて膣口に受け入れていった。

張り詰めた亀頭が潜り込むと、あとはヌメリと重みでヌルヌルッと滑らかに根元まで呑み込まれていった。

「アアッ……、すごいわ、奥まで届く……！」

完全に座り込んだ美保が、顔を仰《の》け反《ぞ》らせて喘ぎ、密着した股間をグリグリと擦り付けた。

大悟も、初めて女体と交《まじ》わり、あまりの快感に懸命に息を詰めて堪えた。

肉襞の摩擦が何とも心地よく、温もりも潤《うるお》いも締め付けも実に素晴らしく、なるほど、情交がこれほど良いものなら古今東西、多くの男が女に惑わされ、城が傾くことも納得できた。

やがて美保が身を重ねると、彼の胸に豊かな乳房が押し付けられて弾んだ。

大悟も両手を回して下からしがみついた。

「脚を立てて、お尻を支えて……」

美保が言うので彼は両膝を立て、太腿で量感ある尻の感触も味わった。

彼女が腰を遣いはじめると、大悟も快感で否応《いやおう》なくズンズンと股間を突き上げてしまった。

「あう！　いいわ、もっと強く、何度も奥まで突いて……」

美保が言い、次第に互いの動きが一致し、溢れる淫水で律動《りつどう》が滑らかになってクチュクチュと淫《みだ》らに湿った音が響いた。

そして彼は高まりながら、顔を寄せる美保の吐き出す甘い息を嗅ぐと、もう我慢できず昇り詰めてしまったのだった。

「い、いく……！」

とうとう突き上がる大きな絶頂の快感に貫《つらぬ》かれて口走り、熱い大量の精汁をドクンドクンと勢いよく柔肉の奥にほとばしらせると、

「あう、熱いわ、感じる……、ああーッ……！」

噴出を受け止めた途端、美保も声を上げてガクガクと狂おしく痙攣《けいれん》しながら気を遣《や》ってしまったようだ。

大悟は心地よい摩擦と女の匂いに包まれながら快感を嚙《か》み締め、心置きなく最後の一滴まで出し尽くしてしまった。

すっかり満足しながら徐々に突き上げを弱めていくと、

「アア……」

美保も声を洩らして熟れ肌の強ばりを解き、グッタリと力を抜いてもたれかかってきた。

まだ膣内は名残《なごり》惜しげな収縮が繰り返され、刺激された幹がヒクヒクと過敏に跳ね上がった。そして大悟は美女の重みと温もりを受け止め、熱く甘い息を嗅ぎながら、うっとりと快感の余韻《よいん》に浸り込んでいったのだった。

三

「も、もう堪忍、中で暴《あば》れないで……」

幹を震わせていると、美保も感じすぎるように言い、やがてそろそろと股間を引き離して添い寝してきた。

大悟は荒い呼吸を整え、とうとう筆下ろしをした感激を噛み締めた。

それにしても、女の絶頂がこれほど凄《すさ》まじいとは思わず、圧倒される思いであった。

美保も久々の男だし、若い童貞が相手だから新鮮な気持ちで、運良く同時に昇り詰めてくれたのだろう。

「こんなに良かったの、初めてです……。死んだ亭主も、あんなところまで舐めてくれなかったし……」

美保も、熱い息遣いを繰り返しながら言う。

「本当に、初めてだったのですか」

「ええ、もちろん。ただ前から、女の隅々まで味わいたい気持ちが強かったものだから」

「お武家様が、足の指やお尻まで舐めるなんて思いませんでした……」

美保は、まだ余韻から覚めないのか、思い出したようにビクリと熟れ肌を震わせていた。

やがて美保がそろそろと身を起こし、着物に入れていた懐紙《かいし》を手にして手早く陰戸を拭《ふ》き清めると、彼の股間に移動し、満足げに萎《な》えている一物も包み込んで処理してくれた。

日頃、手すさびのあとに精汁を拭くのが空しかったが、生身の女体がいると、後始末までしてくれることが大悟には何より幸せに思えた。

「あ、また勃ってきました。なんてお若い……」

淫水と精汁のヌメリを拭いているうち、一物がムクムクと回復したので、美保が驚いたように言った。

「まだ出来るのですか……」

「ええ、日頃続けて二回か三回は自分でしてしまうので……」

「まあ、そんなに……。でも私はもう、今夜は充分です。もう一回したら明日起きられなくなってしまいますから」

美保が言い、懐紙を離して直《じか》に指で弄《もてあそ》びはじめた。

「ああ、気持ちいい……」

「私のお口でいきますか。さっきいっぱい舐めてもらったし、若い精汁を飲むと元気になりそうです」

美保が言うと、彼はその言葉だけですぐにも果てそうになってしまった。口に出すなど、大店《おおだな》の隠居が遊女に大枚《たいまい》をはたいても、してくれるかどうか分からないだろう。

「お、お願いします。でもいきそうになるまで指で……」

彼は言い、美保に添い寝させて再び腕枕をしてもらった。

彼女も胸に大悟の顔を抱きながら、ニギニギと一物を揉《も》んでくれた。

「唾《つば》を下さい……」

「汚いわ。それにあんまり出ないかも……」

快感に身悶えながらせがむと、美保は答えながらも、喘ぎすぎて乾いた口中に懸命に唾液を分泌《ぶんぴつ》させ、唇をすぼめて顔を寄せた。

そして白っぽく小泡の多い唾液をトロリと垂らしてくれたので、大悟は舌に受けて味わい、生温かな粘液でうっとりと喉を潤した。

「鼻をしゃぶって……」

さらに言うと、美保も一物を愛撫しながら舌を這わせ、彼の鼻の頭を舐め回してくれた。悩ましい吐息と唾液の匂いに包まれ、彼は鼻腔を満たしながら急激に高まった。

「い、いきそう……」

切羽《せっぱ》詰まって言うと、すぐにも美保が移動して彼の股間に顔を寄せてくれた。

そして張り詰めた亀頭をしゃぶって舌をからませ、顔を小刻みに上下させ、スポスポと強烈な摩擦を繰り返してくれたのだ。

「あう、気持ちいい……！」

大悟も股間を突き上げ、絶頂を迫らせて呻いた。まるで全身が縮小し、かぐわしい美女の口に含まれ、生温かな唾液にまみれて舌で転がされているような快感だった。

「い、いく……、アアッ……！」

とうとう二度目の絶頂を迎え、彼はクネクネと身悶えながら熱く喘ぎ、二回目とは思えない大きな快感に包まれた。同時に、ドクンドクンとありったけの熱い精汁をほとばしらせると、

「ク……、ンン……」

喉の奥を直撃された美保が小さく呻き、さらに頰をすぼめてチューッと強く吸い出してくれた。

「ああ……、いい……！」

彼は激しい快感に喘いだ。

単なる摩擦ではなく、吸引されるとドクドクと脈打つ調子が無視され、何やらふぐりから直に吸い出されているようだった。

大悟は魂《たましい》まで吸い取られる心地で快感を味わい、最後の一滴まで絞り尽くされてしまった。

力尽きてグッタリと身を投げ出すと、ようやく美保も摩擦と吸引を止め、亀頭を含んだまま口に溜まった精汁をゴクリと一息に飲み干してくれた。

「く……」

喉が鳴ると同時に口腔がキュッと締まり、彼は駄目押しの快感に呻いた。

そして射精の快感以上に、美女が飲み込んでくれたことに言いようのない悦《よろこ》びと満足を得た。自分の子種が生きたまま美女の胃の腑《ふ》で溶かされ、彼女の栄養にされるのだ。

やっと彼女が口を離し、なおも余りをしごくように幹を握って動かしながら、鈴口に脹らむ白濁の雫《しずく》まで丁寧にペロペロと舐め取ってくれた。

「あうう……、ど、どうか、もう……」

大悟は過敏にヒクヒクと幹を震わせながら呻き、降参するようにクネクネと腰をよじらせた。

美保も舌を引っ込めて再び添い寝し、

「二回目なのに、すごく濃くて多かったわ……」

上気した顔で満足げに囁いた。彼女の吐息に精汁の生臭さは残っておらず、さっきと同じ甘いかぐわしい白粉臭がして鼻腔が刺激された。

「さあ、じゃすっきりして眠れるでしょう。また我慢できなくなったらお願いしますね」

美保が言って身を起こし、手早く身繕《みづくろ》いをした。

「ええ、どうかこちらこそ、よろしくお願いします……」

大悟はいつまでも動悸が治まらないまま答え、やがて美保が帰るので、全裸のまま戸締まりだけしに起きた。

「では、お休みなさい」

感謝を込めて言い、辞儀《じぎ》をすると美保も会釈《えしゃく》をして表通りの桃屋へと帰っていった。

送り出して心張り棒を嚙ませると、彼はまたすぐに寝床へ戻った。

（とうとう女を知ったんだ……）

行燈《あんどん》を消して横になり、彼は思った。

美保としたことのあれこれや匂いを思い出しながら、もう一回手すさび出来そうだった。

そして美保の残り香を感じている間だけは、仕官のことや父の無罪の証明のことなど、すっかり忘れてしまっていたのだった……。

四

「あ……、天津《あまつ》様……」

翌日の昼前、大悟が近所の子供たちに手習いを教えているところへ、いきなり天津征之進《せいのしん》が訪ねて来たのである。五十歳になる征之進は、大悟の元許婚、琴音の父親で、すでに定番組頭の役職は、琴音の兄である長男に継がせ、本人は隠居しているはずだった。

「捜した。昼には終わろう。表通りの飯屋で待っている」

征之進は、真面目《まじめ》に習字や算盤をしている子供たちを微笑《ほほえ》ましげに眺めて言うと、大悟の返事も待たずに去っていった。

「さあ、よそ見しないで続けろ！」

子供たちが立派な武士の来訪に、いつまでも入口の方を見ているので大悟は声を上げた。

基本的に大悟は厳しくしているし、商家の子供たちも武士を恐れているので身を引き締め、私語を交《か》わすものなどは少なかった。

みな家業の手伝いをしているので、手習いは午前中のみ。

男女に分けて一日置きに、それぞれ四、五人ほどだが、それでも手狭な部屋は一杯になった。

年少には読み書き、十歳前後になると算盤を教えはじめる。みな町内の仲間同士なので分からないところは教え合っていて、それほど出来の悪い子はいなかった。

「よし、やめ！」

やがて九つ（正午頃）の鐘の音が聞こえてくると大悟は言い、子供たちも鐘の音が鳴り終わらぬうちに手早く後片付けをし、礼を言って順々に帰っていった。

みな筆や硯《すずり》は持ってきているので、大悟は反古《ほご》紙だけを片付け、脇差《わきざし》を帯びて長屋を出た。

表通りに出て少し歩いたところの飯屋を覗《のぞ》くと、征之進が座って待っていた。

すでに盆には稲荷《いなり》寿司と香々が用意され、すぐ女中が茶を持ってきた。

「お久しゅうございます」

「ああ、一年半にもなるか。その折りは、何も出来なくて済まぬ」

大悟が言うと、征之進は悲痛な面持ちで答えた。

「いいえ、ご覧の通り息災《そくさい》に暮らしておりますので」

「善吾郎の墓参りもしたいが、いきなりの改易でどうにもならなかった。むろん儂《わし》も、善吾郎の不正など信じてはおらぬ」

征之進が重々しく言う。

隠居したからか、仲の良かった善吾郎の死に心を痛めたか、一年半の間に痩《や》せて白髪も増えていた。

「琴音さんはお元気にしておられますか」

「ああ、言いにくいが嫁《か》して一年、先月には子も生まれた」

「さ、左様《さよう》ですか。お相手は」

「目付《めつけ》、吉岡儀兵衛《よしおかぎへえ》の一子、辰之助《たつのすけ》で近々役職を引き継ぐ」

「そうでしたか……」

辰之助も大悟と同じ二十五歳、道場では腕自慢で粗暴《そぼう》、腰巾着《こしぎんちゃく》を引き連れて、何かと大悟にもからんできたものだ。

何しろ大悟は剣術が苦手で、辰之助からすれば筆と算盤で高い役職に就《つ》く梶沢家を軽く見ていたのだろう。

「ときに、私をお捜しだったとか」

「ああ、隠居したので心残りを晴らさんと、身を尽くす所存《しょぞん》」

「亡き父のことですか……」

「そうだ。そこでおぬしに、不正が晴れれば帰参《きさん》も叶おうから、その気持ちがあるや否や確かめに参った」

「そ、それは……」

　願ってもないことであった。

　浪人の身では父の不正の真相を調べるなど、雲をつかむようなもの。れっきとした藩士、しかも元定番組頭が手助けしてくれれば有難いことである。まして、かつては義父になるべき人物であった。

「仕官して梶沢家の名を残すことのみ、常に心に置いておりますれば」

「良く言った。だが今さら他家へ仕官するより、父の名誉を回復して藩に戻るのが一番であろう」

「はい。お力添え頂けるならば、この上なく有難く存じます」

「よし、気持ちはあい分かった。また順次報《しら》せる。とにかく昼餉《ひるげ》にしよう」

　征之進は言い、稲荷寿司をつまんだので、大悟も頂くことにした。

　そして昼餉を馳走《ちそう》になって征之進と別れ、大悟は長屋へ戻った。

するとそこに美保の娘である咲が待っていたのである。

「あ、これは、お咲ちゃん」

「片付けをお手伝いに来たのだけど、子供の一人が、大悟さんはお武家と待ち合わせていると言っていたので気になって」

咲は、美保に言われたのか笊《ざる》に入れた芋《いも》を抱えて言った。笑窪《えくぼ》と八重歯《やえば》の愛くるしい、十八の町娘である。

「ああ、以前の知り合いに会っていたんだ。お入り」

大悟は言って、咲を招き入れた。

「どんなお話だったのですか」

咲は土間の流しに芋を置き、上がり込んで言った。

「世話になった人でね、不自由はないか心配して見に来てくれただけだよ」

「そう、ここを出て、どこかのお屋敷に行っちゃうんじゃないんですね」

咲が心配そうに言う。

「そんなことはないよ。せっかく手習いもうまくいっているのに」

「ええ、子供たちも、少し恐いけどうんと優しい先生だって評判です。じゃ、これからもずっとこの長屋にいてくれますね」

「ああ、いるよ。店賃《たなちん》を払えず追い出されない限りは」

大悟が笑って言うと、ようやく咲も安心したように笑みを洩らした。

「ああ良かった。じゃご相談に乗って下さいね」

「なんだ、これからが本題かい」

大悟が言うと、咲が居住まいを正して口を開いた。

「実はおっかさんが、私の婿を選ぶため、あちこちのお店を回りはじめたみたいなんです」

「へえ……」

昨夜の話では、美保は大悟を婿にしたい気持ちがあったようだが、彼は武士を捨てないだろうと諦めた途端に、自分が淫気を向け、そして咲の婿探しに奔走《ほんそう》しはじめたようだった。

「まだ相手は決めていないけど、何だか恐いです」

「何が恐いのかな」

「夫婦になると情交をして、最初はたいそう痛いと聞くし」

どうやら生娘《きむすめ》の咲も、手習い時代の仲間と話し合い、それなりの知識は持っているようだった。

「それにこれを……」

さらに咲は言い、懐中から一冊の本を取り出して見せた。

受け取って開くと、それは春本《しゅんぽん》で、あられもない全裸になった男女のカラミの絵が多く載っていた。

手習いの仲間が、家に隠してあったものを持ち出し、咲に見せたらしい。

実は大悟も、こうしたものを見るのは初めてであった。

「本当に、そんな恥ずかしいことをするものでしょうか。情交だけでなく、色々と……」

咲が言うのは、交わることより、互いの股間を舐め合ったりしている絵が気になるようだった。まさか彼女も、昨夜自分の母親が大悟と、もっと強烈なことをしたなど夢にも思っていないだろう。

「大悟さんはお武家だからあんまり変なことはしないだろうけど、手習いの先生だから何でも知っていると思って……」

「ああ、別に好き同士だったら何をしようと構わないんじゃないか。誰かに見せたり言ったりするわけじゃなく、二人だけの秘め事なんだから」

大悟は、密かに股間を熱くさせながら冷静な口調で言った。

実は日頃の手すさびの妄想でも、遠い過去の琴音の面影より、身近な美保と咲の母娘の方を多く思い浮かべるようになっていたのだ。

「そう、じゃここに描かれているのは決して絵空事《えそらごと》じゃなく、本当にしていることなんですね……」

「うん、みんなすることだと思う？」

「お侍《さむらい》もしますか？」

「ああ、威張《いば》って偉《えら》そうにしているけど、誰でもしているだろうよ」

「じゃ、お侍が女の股に顔を埋めるなんてことも……？」

「するだろうね。誰だって男なら、陰戸を見たり舐めたりしたいからね。でなければ、こんな春本が売れているわけはないよ」

「大悟さんも、そんなことするんですか」

「まだしたことはないが、お咲ちゃんぐらい可愛い子ならしてみたいと思うよ」

「本当……？」

言うと咲は頰を真《ま》っ赤《か》にして、微かに息を弾ませはじめた。

「それから、男のものってこんなに大きいんですか……」

さらに彼女は、男根が描かれている頁を開いて指した。

「それは大げさに描いているだけで、実際はもっと小さくて、ちょうど陰戸に入るぐらいの大きさだよ」

言うと、咲は少し安心したようだが、さらに羞恥《しゅうち》と緊張に頬を強ばらせ、意を決したように言った。

「どんなものか知っておきたいので、見せてもらえませんか……」

言われて、大悟は痛いほど股間が突っ張ってきてしまった。しかも生娘の甘ったるい汗の匂いが、悩ましく部屋に立ち籠めはじめているのだ。

「誰にも内緒なら」

「ええ、もちろんです。絶対に誰にも言いません」

「じゃ、お咲ちゃんの陰戸も見せてくれるなら構わないよ」

「え……」

咲はビクリと身じろぎ、やがて激しい好奇心に負けたように頷いた。

「ええ、いいですよ……」

「じゃ心張り棒をしてきて。誰も来ないと思うけど、もし来ても居留守《いるす》を使うからね」

大悟が言うと、咲はすぐ立ち上がって戸締まりをし、彼も床を敷き延べた。

「じゃ、脱ごうか」

大悟は、征之進と会って考えることは色々あるのに、やはり目の前の女体と淫気には勝てず、手早く袴《はかま》を脱ぎはじめた。

咲も、今日は店の手伝いもなく、仲間と会うとでも言って出て来たのか、ためらいなく帯を解きはじめていったのだった。

五

「わあ、本当に絵とは違います……」

全裸で仰向けになった大悟の股間に、やはり一糸《いっし》まとわぬ姿になった咲が恐る恐る迫り、好奇心に目を輝かせながら言った。

「いいよ、触れても」

大悟も興奮に胸を高鳴らせ、弾む息を抑えながら言った。

すると咲が、そろそろと手を伸ばして幹に触れ、感触と硬度を確かめるようにニギニギと動かしてくれた。

「硬いわ。こんなに勃って、邪魔じゃないですか」

「普段は柔らかくて小さいんだ。淫気を催したり、触れられて刺激を受けると、こんなふうに情交で入れられる硬さになるんだよ」

「じゃ私に淫気を？」

「それは、こんな可愛い小町《こまち》娘だからね。男なら誰だってそうさ」

「嬉しい……」

咲は答え、さらに張りつめた亀頭に触れ、ふぐりを探って二つの睾丸を確認すると、さらに袋をつまみ上げて肛門の方まで覗き込んだ。

「さあ、見て気が済んだろう。今度はお咲ちゃんの陰戸を見せて」

大悟が言って身を起こし、咲を仰向けにさせた。

母親に似て、乳房は意外に豊かに息づいていた。乳輪と乳首は清らかな薄桃色で、やはり肌は色白だった。

やがて股を開かせて腹這い、顔を寄せていくと、

「アア……、恥ずかしい……」

咲は羞恥に声を震わせ、ヒクヒクと白い下腹を波打たせた。

見ると、ぷっくりした丘には楚々《そそ》とした恥毛が淡く煙り、割れ目からはみ出した花びらがしっとりと露《つゆ》を宿して潤っていた。

そっと指を当てて陰唇を左右に広げると、

「あん……！」

生まれて初めて触れられた咲が、ビクリと反応して喘いだ。

生娘の膣口は、花弁のように襞を入り組ませて息づき、小さな尿口の穴も確認でき、包皮の下からは小粒のオサネが顔を覗かせて光沢を放っていた。

「自分でいじることはあるの？」

「え、ええ……、たまに……」

股間から訊くと、咲もか細い声で正直に答えた。

ならばオサネによる快感ぐらいは知っているのだろう。

大悟は、無垢な眺めに我慢できなくなり、とうとう咲の股間に顔を埋め込んでしまった。

「あう……、だ、大悟さん……」

咲が驚いたように呻き、反射的にムッチリときつく内腿で彼の両頬を挟み付けてきた。

大悟も柔らかな若草に鼻を埋め込み、隅々に沁み付いた生ぬるく湿った汗とゆばりの匂いでうっとりと胸を満たした。

貪るように嗅ぎながら舌を這わせ、陰唇の内側に挿し入れていくと、淡い味わいのヌメリが舌の動きを滑らかにさせた。

生娘の膣口をクチュクチュ掻き回し、オサネまでゆっくり舐め上げると、

「アアッ……!」

咲が声を上げ、ビクッと顔を仰け反らせて内腿に力を込めた。

大悟が匂いに酔いしれながら執拗にオサネを舐め回すと、蜜汁の量が格段に増えてきた。

これも、濡れやすく感じやすい美保に似たのかも知れない。

さらに両脚を浮かせ、尻の谷間に鼻を埋め込むと、桃色の蕾に籠もる蒸れた微香が悩ましく鼻腔を刺激してきた。

顔中に密着する双丘の感触も心地よく、彼は舌を這わせて細かに収縮する襞を濡らし、ヌルッと潜り込ませて滑らかな粘膜を探った。

「く……、駄目……」

咲が羞恥と違和感に呻き、キュッと肛門で舌先を締め付けてきた。

大悟は中で舌を蠢かせてから、ようやく脚を下ろし、再びオサネに吸い付いていった。

「ああ……、い、いっちゃう……、アアーッ……！」

たちまち咲は、オサネへの刺激だけで声を上ずらせ、ガクガクと狂おしい痙攣を起こして気を遣ってしまった。

なおも舐めながら、溢れる蜜汁をすすっていると、

「も、もう堪忍……」

咲が言って横向きになってしまった。大悟も身を起こし、いつまでもヒクヒクと震えている彼女を見下ろした。

そして足の方に移動して爪先に鼻を埋め、蒸れた匂いを貪ってから指の間に舌を挿し入れ、汗と脂の湿り気を味わった。

しかし咲は、初めて男の舌でいかされた衝撃に、足への刺激など感じないようだった。

大悟はまた移動して添い寝し、可憐《かれん》な乳首に吸い付き、コリコリと硬くなっている乳首を舌で転がし、顔中で張りのある膨らみを味わった。

左右の乳首を含んで舐めると、さすがに感じるのか、放心して息を弾ませている咲の肌がビクリと反応した。

さらに彼女の腕を差し上げ、腕の下にも鼻を埋め込んで嗅いだ。

甘ったるい汗の匂いが濃厚に籠もり、鼻をくすぐる淡い和毛《にこげ》の感触も可愛らしかった。

彼は生娘の体臭を胸いっぱいに嗅いでから、咲の唇に迫った。

唇はぷっくりして、間からぬらりと光沢ある歯並びが覗き、熱く湿り気ある息が忙《せわ》しげに洩れていた。

彼女の口に鼻を押し当てて嗅ぐと、咲の息はまるで果実でも食べた直後のように甘酸っぱく濃厚な匂いが含まれ、悩ましく鼻腔を刺激してきた。

やはり美保の匂いとは違い、これが若い娘の匂いなのだと思った。

果実臭の吐息を嗅ぐたびに甘美な悦びが胸に広がり、その刺激は一物に伝わっていった。

彼は唇を重ね、舌を挿し入れて滑らかな歯並びを左右にたどった。

「ンン……」

すると咲が小さく呻き、無意識に歯を開いて侵入を許してくれた。

舌をからめると、生温かな唾液に濡れた舌が滑らかに蠢いた。

チロチロと舐め回し、清らかなヌメリをすすり、彼女の手を握って一物に導くと、また咲は手のひらに包み込んでニギニギと弄んでくれた。

「ああ、驚いたわ……、自分でするより、うんと気持ち良くて溶けてしまいそうでした……」

一物をいじりながら、徐々に自分を取り戻したように咲が言った。

大悟も堪らなくなってきたが、やはり生娘を奪うまでの決心は付かず、今日のところは互いに戯《たわむ》れる程度にとどめようと思った。

そして仰向けになり、咲の顔を一物の方へ押しやると、彼女も素直に移動してくれた。

先端を鼻先に突き付けると、咲も幹を握り、粘液の滲む鈴口をチロチロと舐め回しはじめた。やはり春画で見ていた愛撫なので、それほど抵抗なくしてくれたようだ。

「ああ、気持ちいい……」

大悟がうっとりと喘ぐと、咲も嬉しかったようで、さらに舌の蠢きを強めて亀頭をしゃぶった。さらに小さな口を精一杯丸く開いて亀頭を含み、そのままモグモグと奥まで呑み込んでいった。

熱い息が股間に籠もり、大悟は無垢な娘の最も清潔な口に含まれて急激に高まってしまった。

ズンズンと股間を突き上げると、

「ンン……」

喉の奥を突かれた咲が小さく呻き、たっぷりと唾液を出して肉棒を生温かく浸してくれた。さらに突き上げに合わせて顔を上下に動かし、スポスポと摩擦すると、たちまち大悟は昇り詰めてしまった。

「い、いく……、飲んで……」

大きな快感に全身を包まれながら口走ると同時に、彼はドクンドクンと熱い大量の精汁をほとばしらせた。

「ク……」

喉の奥を直撃された咲が呻き、それでも摩擦と舌の蠢きを続行してくれた。

たまに当たる歯も新鮮な刺激で、大悟は心ゆくまで快感を嚙み締め、最後の一滴まで出し尽くしていった。

「ああ……、気持ち良かったよ、すごく……」

すっかり満足しながら言い、グッタリと四肢を投げ出すと、咲も亀頭を含んだまま、口に溜まった精汁をコクンと一息に飲み干してくれた。

そしてチュパッと口を離すと、なおも余りの雫まで舐め取ったのだ。

「あう……、も、もういいよ、有難う……」

大悟は射精直後の一物をヒクヒクと過敏に震わせ、降参するように腰をよじって言った。

ようやく咲も舌を引っ込め、特に不味《まず》くは感じず、後悔もしていないようで、大悟も安心しながら余韻を味わったのだった。

第二章　もと許婚《いいなずけ》は乳汁の匂い

一

「御免《ごめん》ください……、大悟さん……」

今日も昼まで子供たちに手習いを教え、帰って昼餉《ひるげ》を終えた頃、お高祖頭巾《こそずきん》の女が大悟の長屋を訪ねてきた。

「え？　まさか……」

中に入れた女が頭巾を取ると、大悟は目を丸くした。

「お久しゅうございます……」

「こ、琴音さん……」

彼は驚き、数年ぶりに会う、かつての許嫁《いいなずけ》の顔をまじまじと見つめた。

もう二十三になっていよう。当時も親を交《まじ》えて数度しか会っていないが、島田に結った髪と整った顔立ちは今も瞼《まぶた》に焼き付いている。

それが今は、丸髷《まるまげ》で眉《まゆ》を剃《そ》り、お歯黒《はぐろ》を塗った奥方であった。

「ああ、ここを天津様に聞いたのですね。とにかくどうぞ、お上がりください」

「はい、突然に申し訳ありません……」

「いえ、狭くて汚いところですが」

大悟が言うと、琴音は上がり込み、生ぬるく甘ったるい匂いを漂《ただよ》わせた。

端座《たんざ》して向かい合うと、琴音はあらためて頭を下げた。

「先日は、父がお訪ねしたようで」

「ええ、驚きました。でも今日の方がずっと……」

大悟は、人の妻となった琴音を前に、懐《なつ》かしさや無念さ、諸々《もろもろ》の感情の渦《うず》の中で思わず股間を熱くさせてしまった。

これは、美保により女を知ったから湧《わ》いた感情なのかも知れない。無垢《むく》の頃なら思わなかっただろう。

だから、琴音も美保のように濡れるのだろうか、あの辰之助にどんなふうに抱かれているのかとつい考えてしまい、胸が痛んだ。

そして反面、生娘《きむすめ》だった頃と違い、琴音はさらに熟《う》れた艶《あで》やかさを匂わせており、彼は戸惑いを覚えた。

本来なら、この自分が琴音を存分に抱き、好きに出来たのである。

「実は、ご承知と思いますが、父が梶沢様の無実の罪を晴らそうと躍起《やっき》になっております。それは、大悟さんにとっても同じ思いと存じますが」

「ええ……」

「しかし、それは目付《めつけ》に楯突《たてつ》くことになりはしないかと気が気でありません」

「辰之助が、間もなく目付の役職を継ぐと伺《うかが》いましたが、それがなぜ楯突くことに」

「梶沢様の不正を断じたのが、目付だったからです。殿も江戸におられましたので、全てを任され……」

琴音が言う。

「なるほど。しかし目付はいったい何を根拠に父を断罪したのでしょうか」

大悟が訊《き》くと、琴音は俯《うつむ》いてしばし思案《しあん》し、やがて顔を上げて口を開いた。

「まだ父には話していないことなのですが……、実はうちの旦那様《だんなさま》は、以前より私に執着《しゅうちゃく》し、何としても我が物にしようと親である目付に訴えかけ……」

「なに……」

大悟は眉を険《けわ》しくさせた。

「では、辰之助は琴音さんを妻にするため、許婚である私と父を藩から追い出そうと帳簿を改竄《かいざん》……」

彼が言うと、琴音はさらに俯《うつむ》き、消え入りそうな声で答えた。

「旦那様がたいそう酔って、俺が父に頼んで梶沢家を追い出したのだと口を滑らせました。まさか善吾郎様が切腹するとは思いもよらなかったようですが」

「何と……」

大悟は絶句《ぜつく》した。

すでに一年半経《た》つが、今までは父の潔《いさぎよ》さを尊敬すらしていたのに、この話を聞くと、あまりに早まったことをしてくれたものだと思った。生きてさえいれば、共に無実を証明して帰参《きさん》が叶《かな》ったかも知れないのだ。

もっとも善吾郎は自刃《じじん》に際し、息子の大悟には何の罪もないので、勘定《かんじよう》方を継ぐことは無理にしても、藩にとどめ置いて欲しいという遺書をしたためたようだが、それも目付である辰之助の父が握りつぶして改易《かいえき》にしたのだろう。

「それで、琴音さんは何の用で来たのです」

「それは、申し上げにくいのですが……」

言うと、琴音は涙ぐんで、ずっと下を向いたままだった。

「では私が申し上げましょう。あなたは、天津様が事の真相を知って目付を糾《きゅう》弾《だん》にかかるのを止めたいのでしょう。確かに、今となっては何の証拠もないし、一人で目付に楯突いても何の得にもならない。ならば私に、天津様を止めて欲しいと言いたいのでしょう」

「はい……」

「何と虫の良いことを……」

「それは、重々承知の上です。その代わり、私に出来ることは何でも致しますので……」

琴音は言い、懐中から金子《きんす》らしい包みを出して置いた。

「そのようなものは要《い》りません。貧しくても暮らしに不自由はないので、あるとすれば……女に飢《う》えているだけです」

大悟が言うと、琴音はハッと顔を上げ、またすぐに視線を落とした。

「抱かせてくれませんか。何でもすると言ったでしょう」

問い詰めながら、こんな最中だというのに彼はいつしか激しく勃起し、痛いほど股間を突っ張らせてしまった。

すると意外にも、琴音が小さく頷《うなず》いたのである。

「無念を背負っていらっしゃる大悟さんのお気持ちを思えば、私は何でも出来ます。もし、そのように仰《おつしや》られたら、応じる覚悟で参りました」

「え……、本当ですか……」

「はい……」

琴音が答えると、大悟は憤《いきどお》りなど吹き飛び、目の前の美女に心の全てを奪われてしまった。

「では、脱いでください」

大悟は言うなり立ち上がり、戸に心張《しんば》り棒《ぼう》を噛《か》ませて戻り、手早く床《とこ》を敷き延《の》べて自分から脱ぎはじめた。

（ああ、まさかこんなふうになるとは……）

大悟は袴《はかま》を下ろし、着物を脱ぎながら思った。

何しろ婚儀を心待ちにし、この琴音を抱くことばかり考え、浪人してからも彼女の面影《おもかげ》で自分を慰《なぐさ》め続けてきたのである。

たとえ嫌いな辰之助の妻になっていようとも、いや、なればこそ存分に触れられることに言いようのない興奮を覚えた。

先に全裸になって布団《ふとん》に横たわり、背を向けて俯いている琴音を眺めた。

彼女の夫も義父も、今は目付の跡継ぎの手続きで忙しく、藩邸に入り浸《びた》りだろうし、赤ん坊も乳母《うば》が面倒を見ているから、すぐ帰宅しなくても多少の余裕はあるのだろう。

やがて大悟は、いつまでもじっとしている琴音に迫り、帯を解いて着物を脱がせ、襦袢《じゅばん》も腰巻も取り去ると布団に横たえた。

当然ながら、かなり緊張しているようで身を硬くし、大悟は濃厚に甘ったるい匂いを感じながら肌を寄せていった。

「辰之助は、優しくしてくれていますか」

大悟は、目の前に息づく豊かな膨《ふく》らみを見ながら訊いた。

「ええ……」

そう答えるしかないのだろう。琴音は目を閉じた。とにかく羞恥《しゅうち》と緊張、夫を裏切る行為にか細く息を震わせるばかりだった。

とにかく今は、嫁《か》した目付の家と子が大切で、それを守るため身を挺《てい》して大悟に願いを託しているのだ。

大悟も、もう話すのを止《や》め、目の前の女体に専念していった。

生ぬるい熱気を感じながら乳首に迫っていくと、濃く色づいた先端に、ポツンと白濁した雫《しずく》が浮かんでいるではないか。

どうやら、最前から感じていた甘ったるい匂いは、緊張による汗ばかりでなく、滲《にじ》む乳汁の匂いだったようだ。

大悟はゾクゾクと興奮を高め、チュッと乳首に吸い付いて雫に舌を這《は》わせた。

「アア……！」

琴音がビクリと反応して熱く喘《あえ》ぎ、クネクネと身悶《みもだ》えるたびに、さらに濃厚な匂いを揺らめかせた。

大悟は嬉々《きき》として舌で転がし、もう片方の膨らみを探りながら、強く乳首を唇《くちびる》に挟《はさ》んで吸った。そのうち、生ぬるく薄甘い乳汁が滲んで舌を濡らし喉《のど》を潤《うるお》すと、甘美な悦《よろこ》びが大悟の胸に広がっていった。

要領を得ると、どんどん乳汁を吸い出すことが出来、彼は顔中で膨らみを味わいながら飲み続けた。やがて、心なしか張りが和《やわ》らいだ感じがしたので、彼はもう片方の乳首も含み、乳汁を吸い出した。

琴音は左右の乳首を吸われ、目を閉じてじっと喘ぎを堪《こら》えていたが、感じるたび否応《いやおう》なく肌が反応してしまうようだった。

大悟は乳汁を貪《むさぼ》り、両の乳首を充分に味わい尽くすと、彼女の腕を差し上げて腋《わき》の下にも鼻を埋め込んで嗅《か》いだ。

柔らかな腋毛は生ぬるく湿り、甘ったるい濃厚な汗の匂いが籠《こ》もり、悩ましく鼻腔《びこう》を満たしてきた。

彼は鼻を擦《す》りつけ、かつての許婚の体臭でうっとりと胸を満たした。

二

「アア……、も、もうよろしいでしょう。どうか、お入れ下さいませ……」

琴音が、熱く息を弾《はず》ませながら言った。

「辰之助は、乳を吸ったらすぐ入れるのですか。私は、そんな勿体《もったい》ないことはしない」

大悟は答え、彼女の脇腹を舐《な》め降り、腹の真ん中に行って臍《へそ》を探り、張り詰めた下腹にも顔を埋め込んで弾力を味わった。

あの粗暴《そぼう》な辰之助なら、ろくに愛撫などせず挿入するだけだろう。しかし一物をしゃぶらせるようなことだけは、きっとさせているに違いない。

もっとも今は役職の引き継ぎで忙しいし、子も生まれると執着からも覚め、横暴さを増幅させながらも夜の営《いとな》みは疎《うと》くなっているのではないか。

だから琴音は、下半身を舐められるのは初めてではないかと思い、大悟は興奮しながら滑《なめ》らかな肌をたどった。

ムッチリした太腿《ふともも》を舐め降り、脚をたどって足裏にまで舌を這わせ、縮こまった指の間に鼻を割り込ませて嗅いだ。

さすがに緊張してきたようで、そこは生ぬるい汗と脂《あぶら》にジットリ湿り、蒸れた匂いが濃厚に沁《し》み付いていた。

彼は充分に嗅いでから爪先《つまさき》にしゃぶり付き、順々に指の股《また》に舌を潜《もぐ》り込ませて味わった。

「あう……、何をなさいます……！」

琴音が怒ったように言い、ビクリと脚を引っ込めようとした。

「ぶ、武士が女の足を舐めるなど……、あう……！」

しゃぶられながら呻《うめ》きを聞きながら、大悟は両足とも全ての指の間をしゃぶり尽くしてしまった。

そして強ばった股を力を込めてゆっくりと開かせ、脚の内側を舐め上げて股間に迫っていった。

白く滑らかな内腿を舐め上げて中心部を見ると、柔らかそうな茂みがふんわりと煙《けぶ》り、割れ目からはみ出す花びらはそれほど濡れていなかったが、指で陰唇を広げると、桃色の柔肉《やわにく》はしっとりと潤っていた。ためらいがちな素振《そぶ》りとは裏腹に、琴音の肉体は正直に反応していたのだ。

膣口が見られて恥じらうように息づき、小さな尿口も見え、包皮の下からは小さな亀頭に似たオサネがツンと突き立ち、鈍《にぶ》い光沢を放っていた。

堪《たま》らずに顔を埋め込むと、

「く……、いけません……」

琴音が声を低くして呻き、反射的にキュッときつく内腿で彼の両頬《ほお》を挟み付けてきた。

大悟は茂みに鼻を擦りつけて嗅ぎ、生ぬるく蒸れた汗とゆばりの匂いで胸を満たし、舌を挿《さ》し入れていった。膣口の襞《ひだ》を掻《か》き回し、ヌメリを舐め取りながらオサネまで舌を這わせると、

「アアッ……！」

琴音が激しく喘ぎ、内腿に強い力を込めてきた。

大悟は匂いに酔《よ》いしれながらチロチロとオサネを刺激し、徐々に溢れてくる淫

水をすった。

さらに彼女の両脚を浮かせ、白く豊かな尻の谷間に鼻を埋め込んだ。

顔中に双丘が心地よく密着し、薄桃色の蕾《つぼみ》に籠もる悩ましい匂いが鼻腔を刺激してきた。

嗅いでから舌を這わせて襞を濡らし、ヌルッと潜り込ませると、

「あう……！　な、何を……」

琴音が驚いて呻き、肛門でキュッと舌先を締め付けてきた。

大悟は舌を蠢《うごめ》かせ、滑らかな粘膜を探り、ようやく脚を下ろすと、さらに量を増したヌメリをすすり、再びオサネに吸い付いていった。

「ど、どうか、もう……」

琴音が息を弾ませて嫌々をした。もう何をされているかも分からないほど朦朧となっているようだった。

前も後ろも、やはり味と匂いは商家の後家《ごけ》も武家の奥方も変わりないものだと思った。

彼は股間から這い出して添い寝し、琴音の手を取って一物に導いた。

琴音も握り、ぎこちなく手を動かし愛撫をはじめた。さらに琴音の顔を股間へ

押しやると彼女は顔を一物に寄せたまま じっとしていた。

「お口でして下さい」

大悟が仰向《あおむ》けになって言うと、ようやく意を決したか琴音も熱い息を股間に吐きかけ、チロリと先端を舐めた。

「ああ、気持ちいい……」

彼が喘いで幹をヒクつかせると、琴音も張り詰めた亀頭をしゃぶり、さらに深く含んで吸い付きながら、クチュクチュと舌をからめた。

歯も当たらず、吸引と舌の蠢きはそれほどぎこちなくないので、やはり辰之助は彼女に口で愛撫させているのだろうと思った。

嫉妬《しっと》はあるが、むしろ今は人の妻を奪っている快感の方が大きかった。

「もっと深く……」

言うと琴音は懸命に喉の奥まで呑《の》み込んでくれ、溢れる唾液《だえき》に肉棒が生温かくどっぷりと浸された。

大悟もゆっくりと力強く突き上げると、もう息苦しくて限界になったか、琴音はスポンと口を引き離し、苦しそうに息を呑んだ。

大悟は身を起こし、彼女の脚を開くと本手（正常位）で股間を進めていった。

琴音も、覚悟しているように目を閉じて身を投げ出していた。

唾液に濡れた先端を、苦しげな表情とは裏腹に蜜汁が大洪水になっている割れ目に擦り付け、位置を定めるとゆっくり膣口に挿入していった。

本来なら、生娘の琴音とこうして一つになっていたはずだ。

急角度にそそり立った一物が、ヌルヌルッと滑らかに根元まで呑み込まれていくと、

「アアッ……！」

彼女がビクッと顔を仰《の》け反《ぞ》らせて喘いだ。

大悟も肉襞の摩擦と温もり、締め付けと潤いを感じながら股間を密着させ、さらに奥へ進もうと腰をよじった。

手で乳汁の滲む乳房を強く押しつぶすと、心地よい弾力が感じられた。

「両手を回して」

囁《ささや》くと、彼女もそろそろと下からしがみついてくれた。

まだ動かず、感触と温もり、念願の琴音と一つになった悦びと、かつての想い人がこのように他人から抱かれているという悔しさを嚙み締めながら、彼は上からピッタリと唇を重ねた。

「ンン……」

彼女も熱く鼻を鳴らし、挿し入れた舌をゆっくりと受け入れた。

ネットリと舌をからめると、琴音も火が付いたように激しく蠢かせ、彼は生温かな唾液と滑らかな感触を堪能《たんのう》した。

そして堪らずにズンズンと小刻みに腰を突き動かしはじめると、

「ああ……」

琴音が口を離して喘ぎ、夫以外の一物を味わうためにキュッキュッと締め付けてきた。

大悟も高まりながら、彼女の喘ぐ口に鼻を押し込んで嗅いだ。

熱く湿り気ある吐息は、白粉花のように甘い刺激を含んで、うっとりと悩ましく鼻腔を刺激してきた。それにほんのり混じる金臭い匂いは、鉄漿の成分であろうか。

眉を剃った顔も色っぽく、光沢あるお歯黒が歯並びを染めているだけに唇や歯《は》茎《ぐき》、舌の桃色が艶めかしく映《は》えた。

次第に動きを速め、股間をぶつけるように突き動かしはじめると、肌のぶつかり合う音に、大量に溢れる淫水でクチュクチュと湿った摩擦音も混じり、淫《みだ》らに響いてきた。

「アア……、す、すごい……！」

琴音が無意識に口走って収縮を高めてきた。

どうやら辰之助からは、こんな丁寧な愛撫を隅々まで受けていないし、今までの夫婦生活で幾度もの挿入により下地は出来ているから、彼女は初めて情交で昇り詰めようとしているのかも知れない。

「気持ちいいのか？」

訊くと、琴音は薄目で熱っぽく彼を見上げながらも嫌々をした。感じていることは明らかだった。そして彼の背に爪まで立て、ズンズンと股間を突き上げてきたのだ。

「い、いく……！」

とうとう大悟は、琴音の甘い吐息と肉襞の摩擦で絶頂に達してしまった。

大きな快感に貫《つらぬ》かれながら、熱い大量の精汁をドクンドクンと勢いよく柔肉の奥にほとばしらせると、

「ヒッ……！」

噴出を感じた琴音が息を呑んで硬直《こうちょく》し、そのままガクガクと狂おしい痙攣《けいれん》を

開始したのだった。どうやら本格的に気を遣《や》ってしまい、大きな快感の波に巻き込まれたらしい。

「アア……、へ、変になりそう……！」

身を震わせながら琴音が喘ぎ、中に放たれた精汁を飲み込むように膣内を収縮させた。

恐らく大悟と琴音が、あのまま婚儀をして初夜を迎えても、これほど大きな快楽は得られなかっただろう。あの時の不幸があったから、今こうしてより大きく燃え上がったのだと思った。

大悟は心ゆくまで快感を嚙み締め、最後の一滴まで出し尽くしていった。

三

「ああ……、も、もうご勘弁を……」

大悟が、出しきったあとなおも腰を突き動かしていると、琴音が降参するように言った。

ようやく彼も満足して動きを止め、本来結ばれるはずだった美女にもたれかかり体重を預けていった。まだ膣内の収縮が続き、刺激された幹がヒクヒクと過敏に上下した。

「あう……」

琴音も過敏に反応して呻き、荒い呼吸を繰り返した。

大悟は彼女の口に鼻を押し込み、かぐわしい吐息を胸いっぱいに嗅ぎながら、うっとりと快楽の余韻《よいん》に浸り込んだ。

やがて呼吸を整えると、大悟はそろそろと身を起こして股間を引き離し、ゴロリと添い寝していった。

「私はこのように淫らな女ではありません……」

琴音は、まだ初の絶頂に戦《おのの》くように声を震わせ、もう触れられてもいないのに断続的にビクリと肌を波打たせていた。

大悟が腕枕してやろう腕を床に置くと、琴音は背を向けながらもぴったりと身を寄せて、切なげに息遣いを繰り返した。

「もし、私たちが一緒になっても、こんなすごいことをしたのですか……」

琴音が、羞恥を思い出したように言う。

すごいこととは、足や陰戸、尻まで舐めたことを指しているのだろう。当然ながら辰之助はするだけしたら、さっさと背を向けて寝るに違いない。釣った魚に優しい言葉など掛けるはずがなかった。

「誰でもすることでしょう」

「そんなはずは……、武士が女の股に顔を入れるなど……」

「がさつな辰之助はしないでしょうが、本当に好きなら自然にするはずです。でもあいつは、あなたに一物をしゃぶらせるだけでしょう。自分本位に果て、飲ませたりするのではないですか」

「どうか、旦那様のことは言わないで……」

琴音は、辰之助に済まないというよりも、大悟との余韻の中で粗暴な夫を思い出したくないようだった。

「また乳が……」

大悟は、乳汁の雫が脹らんでいる乳首を見て言い、またムクムクと回復してきてしまった。

「飲みたい。顔に搾《しぼ》って」

彼は言って、仰向けになって琴音の腕を引き、上にのしかからせた。

「そんな、殿方を跨《また》ぐなんて……」

彼女は尻込みしたが、とうとう大悟の腹に跨がり、上から乳房を迫らせてしまった。

「アア、良いのですか、本当に顔にかけても……」

琴音が声を震わせて言い、恐る恐る自分の乳首をつまんだ。

絞るように力を入れると、白濁の乳汁がポタポタと彼の口に滴《したた》り、さらに無数の乳腺から霧状になった汁が顔中に生ぬるく降りかかってきた。

「ああ、もっと……」

大悟はうっとりしながら喉を潤し、甘ったるい匂いに包まれた。

「アア……、変な気持ち……」

琴音は、また喘ぎながら、もう片方の乳首もつまんで乳汁を搾り出した。

大悟は顔を上げて乳首を吸い、味わいながら顔中もヌルヌルにされた。

やがて乳汁が出なくなると、彼女に添い寝させ、一物をしごいてもらいながら顔中を舐めてもらった。

「もうこんなに大きく……」

琴音はニギニギと動かしながら驚いたように言い、彼の顔中を濡らした乳汁を拭《ぬぐ》うように舌を這わせてくれた。

辰之助は大柄で頑丈《がんじょう》だが、続けて二回などしないのだろう。

大悟は琴音の、甘い吐息と乳汁、唾液の混じった匂いに高まった。

「唾《つば》も垂らして……」

「そんな……、汚いですから……」

せがむと彼女は尻込みしたが、何度もせがむとようやく唇をすぼめ、溜《た》めた唾液をクチュッと吐き出してくれた。

大悟は白っぽく小泡の多い唾液を舌に受けて味わい、うっとりと喉を鳴らしながら一物への指の刺激に絶頂を迫らせた。

「またいきそう……」

「どうか、入れるのはご勘弁を。またしたら歩いて帰れなくなります」

「じゃ、口でお願いしても良いですか」

大悟が言うと、彼女もすぐに顔を移動させて一物に口を寄せてきた。ためらいなくするので、やはり辰之助を相手に慣れているのかと思い、胸が嫉妬に焦げたが、それ以上の期待に幹が震えた。

琴音は指を添え、まだ淫水と精汁にまみれている先端を舐め回し、亀頭を含んで吸ってくれた。

「ああ、気持ちいい……」

大悟は股間に熱い息を受けながら喘ぎ、ズンズンと股間を突き上げると、

「ンン……」

琴音も喉の奥を突かれて呻きながら、小刻みに顔を上下させ、スポスポと強烈な摩擦を繰り返してくれた。

彼は生温かな唾液にまみれた幹を震わせ、鼻に残る唾液と乳汁の残り香で急激に高まった。

「い、いく……、アアッ……！」

たちまち二度目の絶頂を迎え、大悟は快感に喘ぎながら、ドクドクと勢いよく精汁をほとばしらせてしまった。

「ク……」

噴出を喉の奥に受け、琴音は小さく呻きながらも摩擦と吸引、舌の蠢きを続けてくれた。

彼は快感を嚙み締め、心置きなく最後の一滴まで出し尽くし、満足してグッタリと身を投げ出していった。

琴音も動きを止め、口に溜まった精汁をゴクリと飲み込んでくれ、口を離して

からもヌラヌラと鈴口を舐め回して綺麗《きれい》にしてくれたのだった。

「も、もういいです……」

大悟が過敏に腰をよじりながら言うと、ようやく彼女も舌を引っ込めて身を起こした。

「続けて出来るものなのですね……。夫がいるのに、私は知らないことばかり」

琴音が言い、着物から懐紙《かいし》を出すと陰戸を拭い、身繕《みづくろ》いをはじめた。

大悟は横たわったまま呼吸を弾ませ、琴音の後ろ姿をながめながらうっとりと余韻を味わっていた。

と、その時である。

「梶沢大悟殿はおられますか」

外から歯切れの良い凛《りん》とした声がし、戸が叩《たた》かれたのだ。

大悟も、着物を着はじめていた琴音もビクリと硬直し、居留守を決め込んで身を寄せ合い息を殺した。

「せっかく探し当てたのに、留守か……」

外の人は何度か叩いていたが、独りごちるように言い、諦《あきら》めて去っていったようだ。

「今の声は確か……」

「ええ、弥生《やよい》様ですね。いったい何用で……」

二人は囁き合った。

弥生とは江戸家老の娘で剣術指南役、辰之助より剣の達者である男装の美女、二十九歳になる高見《たかみ》弥生であった。

顔立ちは美しいが長身で、男勝《まさ》りのため嫁《か》すことは諦め、剣一筋で藩に仕《つか》える女丈夫《じょじょうふ》である。

「もしかして姫様のことかも……」

「千津《ちづ》姫が、なぜ」

「他藩との婚儀が破談《はだん》になったので、いよいよかねてより思っていた大悟さんに会いたいのでは」

琴音が言う。

千津は十八歳で、琴音はずっとお相手として姉妹のように共に行動していたが、琴音は大悟との婚儀が整った折り、彼を姫に目通りさせたことがあった。

千津は、そのとき荒々しく男らしい武士というより、知的で穏やかな大悟を見《み》初《そ》めたようなのだ。

しかし姉と慕う琴音の相手と諦め、他家との婚儀が進められた。その婚儀が、病弱だった相手の急死により解消となり、千津の思いは初恋である大悟に再び向いてしまったのかも知れない。

ましてや大悟も改易で、琴音との婚儀が破談になっているのである。千津は、すでに藩士でない大悟の捜索を、警護役で親しい弥生に頼んだのではないか。

「またいらっしゃるかも知れませんね。でも、くれぐれもうちの旦那様のことは、どなたにもご内密に……」

琴音が身繕いをし、髪を整えながら念を押すように言った。

「ええ、また来てくれるのでしたら、決して口外しませんので」

言うと彼女は返事はせず、またお高祖頭巾を被り、心張り棒を外して恐る恐る外を見てから、やがて足音を忍ばせて帰っていったのだった。

四

「また来ちゃいました。おっかさんは店を閉めて、法要《ほうよう》で谷中《やなか》へ行ったので夕方まで一人なんです」

　昼過ぎ、子供たちが帰るのと入れ違いに咲が来て大悟に言った。美保は亡夫の命日で出掛けたが、留守番の咲は家を空けて来てしまったようだ。

　大悟は急激に淫気を催し、勃起しながら心張り棒を噛ませ、手早く床を敷き延べた。

　先日、舐めて気を遣らせたので、咲も今日はその気で来たのだろう。

「婿《むこ》を取る話は進んでいるのかな？」

「まだおっかさんは何も言わないけど、仕事の合間に良い人を探しているみたいです」

「そう、じゃ相手が決まっても恐くないように、また少し男を知っておこうね」

　大悟は言い、促すように脱ぎはじめた。

「ね、今日は最後までしてみたいんです。いいですか」

　咲も、帯を解きながら頬を上気させて言った。

「うん、じゃ最初は私の言う通りにして」

　彼は股間を熱くさせ、先に全裸になって布団に横になった。

　咲も覚悟して来たように少し緊張気味で、あとは黙々と脱いで一糸《いっし》まとわぬ姿になっていった。

「じゃ、ここに座って」

大悟は仰向けになって言い、自分の下腹を指した。

「ええっ？　お武家様を跨いで座るんですか……」

咲は尻込みしたが、手を握って引っ張ると、恐る恐る跨がってしゃがみ込んでくれた。

「ああ……、変な気持ち……」

彼女はか細く言いながら、とうとう大悟の下腹に陰戸を密着させて座った。

すでに湿りはじめている割れ目が押し付けられ、大悟は興奮を高めながら両膝を立て、彼女を寄りかからせた。

「足を伸ばして、私の顔に」

「そ、そんな……」

跨いで座っただけでも緊張の極《きわみ》に達しているのに、さらなる要求で咲はビクリと身じろいだ。

彼が両の足首を摑んで引っ張ると、

「あん……」

咲が声を洩《も》らし、姿勢を崩しそうになりながら濡れた割れ目を大悟の腹に擦り付けた。

大悟は彼女の両足の裏を顔に受け止め、全体重を感じながら勃起した幹でトントンと咲の腰を叩いた。

そして足裏を舐め回すと、咲は武士に跨がって座り込み、しかも足裏を顔に乗せているという畏《おそ》れ多さに身を震わせ、その反面、密着した割れ目の潤いが増してくるのが伝わってきた。

縮こまった指の間に鼻を割り込ませて嗅ぐと、やはり来る途中から緊張していたのか、そこは生ぬるい汗と脂にジットリ湿り、ムレムレの匂いが濃厚に沁み付いていた。

大悟は生娘の足の匂いを貪り、爪先にしゃぶり付いて両足とも、全ての指の股を舐め回してしまった。

「アアッ……、い、いけません……」

咲は熱く喘ぎ、クネクネと身悶えながら彼の口の中で唾液にまみれた指先を蠢かせた。

大悟は両足とも味と匂いを貪り尽くすと、また咲の両手を握って引っ張った。

「じゃ、顔に跨がってね」

言うと、咲は朦朧として引き寄せられながら、とうとう彼の顔の左右に両足を置き、厠《かわや》に入ったように大悟の顔にしゃがみ込まされてしまった。

「アア……、こんなこと、許されません……」

咲は喘いで言い、真下からの視線を受けてヒクヒクと内腿を震わせた。

無垢な陰戸を見上げると、ぷっくりした割れ目はヌメヌメと前回以上に蜜汁が溢れていた。

腰を抱き寄せて股間を顔に密着させると、柔らかな若草の隅々には、今日も生ぬるい汗とゆばりの匂いが可愛らしく濃厚に籠もり、刺激が馥郁《ふくいく》と鼻腔を満たしてきた。

大悟は生娘の匂いを貪りながら、舌を挿し入れ、淡《あわ》い酸味のヌメリに満ちた膣口をクチュクチュと掻き回し、滑らかな柔肉をたどって小粒のオサネまで舐め上げていった。

「ああ……、い、いい気持ち……」

咲も夢見心地な様子で、すっかり正直に感想を洩らした。

チロチロとオサネを弾《はじ》くように舐めるたび、新たな蜜汁が溢れて滴り、彼女は力が抜けて思わずギュッと座り込みそうになるたび、懸命に彼の顔の左右で両足を踏ん張った。

「も、もう駄目です……」

咲が果てそうな声音で言うので、彼も舌を引っ込めて尻の真下に潜り込んだ。

大きな桃の実のような双丘を顔中に受け止め、弾力を味わいながら谷間の蕾に鼻を埋めて嗅ぐと、今日も秘めやかな微香が蒸れて籠もり、悩ましく胸に沁み込んできた。

充分に嗅いでから舌を這わせる。細かに震える襞を濡らしてからヌルッと潜り込ませ、滑らかな粘膜を探ると、

「あう……、駄目……」

咲が違和感に呻き、モグモグと肛門で舌先を締め付けてきた。

大悟は舌を蠢かせて味わい、再び割れ目に戻ってヌメリをすすり、オサネにチュッと吸い付くと、

「アアッ……！」

咲は喘ぎ、しゃがみ込んでいられずに両膝を突いて突っ伏してしまった。

ようやく大悟も舌を引っ込め、咲の顔を股間へと追いやると、彼女も荒い息遣

いを繰り返しながら素直に移動していった。

そして大悟が大股開きになると、真ん中に腹這い、しばし股間に熱い息を籠もらせていたが、肉棒に指を這わせて弄《もてあそ》び、身を乗り出して先端にしゃぶり付いてくれたのだった。

「ああ、気持ちいい……」

大悟は、無垢な口に含まれて快感に喘いだ。

やはり咲も、される側は羞恥と恐れがあり、自分からする方が気が楽なようで、次第に夢中になって亀頭に舌を這わせてきた。

それに、大悟が喘ぎ、幹が反応するのも嬉しいのだろう。

「ンン……」

咲はスッポリと根元まで含んで熱く鼻を鳴らし、笑窪《えくぼ》の浮かぶ頬をすぼめ、幹を締め付けて吸い付き、クチュクチュと舌を蠢かせた。

彼も快感に高まり、ズンズンと股間を突き上げ、可憐《かれん》な唇の摩擦を味わった。

やがて絶頂に至る前、充分に肉棒が清らかな唾液にまみれると、

「いいよ、入れてみるかい」

大悟は突き上げを止めて言った。すると咲も、すぐにチュパッと軽やかな音を

立てて口を引き離した。

「跨いで上から入れてごらん」

「わ、私が上に……？」

「その方が、痛ければ止められるし、動きも加減できるからね。下になるのは、婿をもらってからするといいよ」

茶臼《ちゃうす》（女上位）の方が好きな大悟は、何のかんのと理屈を付け、彼女を上から跨がらせてしまった。

咲も上から股間を迫らせ、先端に割れ目を押し当ててきた。

「ああん、恐いわ……」

「無理ならしなくてもいいからね」

「いいえ、します」

咲が意を決して腰を沈め、先端を膣口に受け入れていった。

張り詰めた亀頭が潜り込むと、あとは潤いと重みでヌルヌルッと滑らかに嵌《は》まり込んでいった。

「あう……！」

咲が眉をひそめて呻き、ビクリと顔を仰け反らせた。

しかしヌメリが充分なので一物は完全に根元まで入り、彼女も完全に座り込んで股間を密着させた。大悟もきつい締め付けと熱いほどの温もりに包まれて陶然となった。

彼女は短い杭《くい》に真下から貫かれたように硬直していたが、中では異物を確かめるような収縮が続いていた。

大悟が両手を伸ばして抱き寄せると、咲もゆっくり身を重ねてきたので、彼は両手でしがみつき生娘を味わう感激を嚙み締めたのだった。

五

「大丈夫？　痛ければ止《よ》していいからね」

「平気です……。痛いけど、奥が熱くて、大悟さんと一つになれて嬉しい……」

気遣って下から囁くと、咲も懸命に初めての感覚を探りながら答えた。

大悟も両膝を立て、咲の尻を支えながら温もりと感触を味わった。

そして潜り込むように、桃色の乳首にチュッと吸い付いて舌で転がし、顔中で張りのある膨らみを味わった。

しかし咲は、全神経が股間に集中しているようで、乳首への反応はなかった。

大悟は左右の乳首を交互《こうご》に含んで舐め回し、充分に味わってから腋の下にも鼻を埋め込んで嗅いだ。

今日も生ぬるく湿った和毛《にこげ》には、甘ったるい汗の匂いが濃厚に籠もり、悩ましく鼻腔を刺激してきた。

やがて若々しく可愛らしい体臭を味わい尽くすと、彼は下から咲の顔を引き寄せ、ぷっくりと弾力ある唇に口を重ね、舌を挿し入れて歯並びを舐めると八重歯に触れた。

すると彼女も歯を開いて侵入を許し、自分の舌を触れ合わせて、遊んでくれるようにチロチロと動かしてくれた。

咲の舌は生温かな唾液に濡れ、滑らかにからみついた。

「唾を出して……」

口を触れ合わせながら囁くと、咲も懸命に分泌《ぶんぴつ》させ、口移しにトロリと注いでくれた。

大悟は生温かく清らかな唾液を味わい、うっとりと喉を潤した。もう堪らず、様子を探るようにズンズンと小刻みに股間を突き上げはじめると、

「アア……」

咲が口を離して喘ぎ、それでも母親に似て豊富な潤いが溢れ、次第にヌラヌラと動きを滑らかにさせていった。

彼女の口に鼻を押し付けて嗅ぐと、唾液に濡れた唇が心地よく密着し、間から漏れる熱く湿り気ある息が大悟の鼻腔を満たしてきた。咲の吐息は今日も野苺《のいちご》でも食べたあとのように甘酸っぱい芳香が濃く籠もり、うっとりと胸に沁み込んでいった。

「ああ、なんていい匂い……」

大悟は酔《よ》いしれながら彼女の口に鼻を擦りつけ、さらに股間の突き上げを激しくさせてしまった。動きに合わせてクチュクチュと湿った摩擦音が聞こえ、溢れた蜜汁が彼の肛門の方にまで伝い流れてきた。

咲も破瓜《はか》の痛みは麻痺《まひ》したように、無意識に動きを合わせはじめていた。

大悟も、いったん動きはじめるとあまりの快感に突き上げが止まらなくなってしまった。

しかも生娘を征服した感激の中、他の誰よりもきつい締め付け、そして可憐な唾液と吐息を好きなだけ味わっているのである。

もちろん咲は、初回から挿入で気を遣るとも思えないので、長引かせる必要もなかった。だから大悟も我慢することなく、遠慮なく高まって絶頂を目指してしまった。

「ね、私の顔に強く唾を吐きかけて」

「そ、そんなこと無理です……」

快感に包まれながらせがむと、咲が驚いて答え、反射的にキュッと膣内の締まりが増した。

咲にしてみれば、こうして武士の上になって跨いでいるだけでも大変なのだから、まして顔に唾を掛けるなど夢の中ですら出来ないと考えたのだろう。

しかし大悟は、相手が町家の娘だからこそ、あえて武士である自分にしてもらいたいのである。その方が興奮が増し、他に誰もしたりされたりしない行為だけにより燃えるのだった。

「ほんの少しでいいから。それに私たちが情交したのは誰にも内緒なんだから。秘め事ついでだ、もう何をしても同じだよ」

再三せがむと、ようやく咲も初の情交に朦朧としながら従ってくれた。

愛らしい唇に唾液を溜めて顔を寄せ、大きく息を吸い込んで止め、少しためらいつつも、ようやくペッと吐きかけてくれた。

甘酸っぱい息の匂いと共に、微《かす》かな飛沫が顔を濡らした。

「もっといっぱい溜めてから強く」

「ああ、もう堪忍《かんにん》して下さい……」

「あと一度だけだから、思い切り」

言うと咲も、さっきより多めの唾液を強く吐きかけてきた。果実臭の息が顔中を撫《な》で、生温かな唾液の固まりがピチャッと鼻筋を濡らしてきた。

「ああ、気持ちいい。舐めて……」

大悟も高まりながら言い、彼女の顔を引き寄せて股間を突き上げ続けると、咲は舌を伸ばし、彼の顔を濡らした唾液をさらに広げるようにヌラヌラと舐め回してくれた。

「アア、いく……！」

大悟は、咲の唾液と吐息の匂いに包まれ、締まりの良い肉襞の摩擦の中で、とうとう昇り詰めて喘いだ。

大きな絶頂の快感に全身を貫かれ、そのときばかりは生娘への気遣いも忘れ、股間をぶつけるようにズンズンと突き上げながら、ありったけの熱い精汁を勢いよく中にほとばしらせてしまった。

「ああ、熱いわ、感じる……」

咲も噴出を受け止めて口走った。

まだ絶頂には到らないだろうが、中に満ちる温もりで、とにかく彼が悦んだことがわかり、嵐が過ぎ去ったような安堵感も覚えたようだった。

大悟は激しく動きながら心ゆくまで快感を味わい、最後の一滴まで出し尽くしていった。

「ああ、良かった……」

彼は満足して言い、徐々に力を抜いて突き上げを弱めていった。

咲もいつしか肌の強ばりを解き、グッタリと彼にもたれかかっていた。

まだ膣内は異物を確かめるような収縮を繰り返し、射精直後の一物が刺激されてヒクヒクと過敏に跳ね上がった。

「まだ動いてるわ……」

咲が小さく言い、大悟は彼女の重みと温もりを受け止め、甘酸っぱい吐息を間近に嗅ぎながら、うっとりと快感の余韻を味わったのだった。

やがて呼吸を整えると、咲は長く乗っているのを申し訳なく思うように、そろそろと股間を引き離してゴロリと横になった。

入れ替わりに身を起こし、彼は懐紙で手早く一物を拭いながら、咲の股間に顔を潜り込ませていった。

見ると陰唇が痛々しくめくれ、膣口から逆流する精汁に、うっすらと鮮血が混じっていた。それでも量は少なく、すでに止まっているようだ。

そっと懐紙を当ててヌメリを拭い取り、彼は処理を終えると再び添い寝していった。

「大丈夫かい?」

「ええ、まだ何か入っているような気がします……。でも、思ったより痛くなかったです」

咲が答える。確かに、単なる初の挿入以上に、多くのことをさせたのだから痛み以上の感想があるだろう。

「するごとに気持ち良くなるよ。でも婿を迎えたら、自分からは何もせず最初のふりをするんだよ」

「はい、もちろんです……」

咲が答えるのを聞き、可憐な町娘だが男が思っている以上に強《したた》かでしっかりしていくのだろう。

と、その時である。また戸が叩かれたのだ。驚いて見ると、障子《しょうじ》に二本差しの影と、長く垂らした髪が映っていた。

大悟は咲に向かい唇に指を立てると、彼女も小さく頷いてじっと息を殺した。

「大悟殿……、また留守か……」

弥生の声がし、今日は留守も予想していたようで、戸の隙間から手紙を挿し入れ、すぐに引き返していった。

足音が遠ざかると、ようやく咲が硬直を解いて嘆息《たんそく》した。

「ああ驚いた……、影はお侍《さむらい》だけど、声は女の人のようでしたね」

「うん、男の格好をした女の武士だよ」

「お知り合いなんですね……」

咲は言い、また人が来るのを恐れるように身を起こすと、手早く身繕いをはじめた。

大悟も起き上がって下帯を着けた。

「情交したこと、女将さんに気取《けど》られないようにね」

「分かってます。大丈夫ですので」

言うと咲も答え、やがて髪の乱れを整えると草履を履いた。そして戸の隙間に挟まれた手紙を敷居に置くと、辞儀《じぎ》をして帰っていった。

大悟は下帯姿のまま、また布団に仰向けになった。

（とうとう、大家の母娘の両方としてしまったか……）

彼は思い、初めての生娘の余韻にいつまでも動悸が治まらなかった。

しかし町家の母娘はともかく、改易になって一年半も経ったというのに、ここのところ急に藩の面々と顔を合わせている。

それが良いことなのかどうか、大悟は様子を見ようと考え、思い出したように弥生からの手紙を開いたのだった。

第三章　女武芸者は貪欲《どんよく》な生娘《きむすめ》

一

「お久しゅうございます。弥生様」

大悟は、水茶屋で待っていた弥生に言った。

翌日の昼過ぎ、弥生からの手紙にしたためられていた待ち合わせ場所に、刻限通りに出向いて来たのである。

「ようやく会えた。出よう」

茶を飲んだ弥生は勘定《かんじょう》を置き、立ち上がって大刀を腰に帯《お》びた。

三十歳を目前にしているが、前髪が涼やかに額《ひたい》にかかり、若々しい顔立ちである。濃い眉《まゆ》が吊り上がるほど、長い髪を後ろで引っ詰め、裁着袴《たつつけばかま》に大小を帯びて凛《りん》とした長身は役者絵のようだった。

道場では辰之助も敵《かな》わぬ藩随一の手練《てだ》れ、大悟もよく痛めつけられたものだ。

しかも身分は主君に次ぐ江戸家老の家柄だから、誰もが彼女に恐れと尊敬の念を抱いていた。

弥生は、神田を抜け湯島《ゆしま》方面へと進んだ。

秋風の爽やかな九月下旬、八百屋の出店には梨や柿、葡萄《ぶどう》が並び、植木屋の前には菊が生けられていた。

高幡藩の江戸屋敷があるのも湯島である。

「いずこへ」

「祖父の隠居所だった家だ。今は私が使っている」

訊《き》くと弥生が答え、裾《すそ》を蹴るように大股《おおまた》に歩いた。しかし、いかに男装をしていても、風下に漂《ただよ》う甘ったるい匂いは女のものだった。

以前は弥生に女を感じるなど畏《おそ》れ多くてとても出来なかったが、浪人となり、しかも多くの女体を知ったからか、鬼のように恐かった剣術指南役にも淫気を湧《わ》かせてしまった。

やがて大通りから路地に入り、少し行ったところに家があった。隠居所と言っても立派な門と塀に囲まれ、中に入ると庭も手入れされており、瀟洒《しょうしゃ》で小綺麗《こぎれい》な佇《たたず》まいであった。

招かれるまま上がり込んだが、使用人もおらず弥生一人きりのようだ。

大小を刀架《かたなかけ》に掛け、部屋で差し向かいに座ると、あらためて弥生は彼の顔をまじまじと見つめた。

「やはり浪人していると逞《たくま》しくなるのか。月代《さかやき》を剃《そ》っていないと別人のようだ」

「逞しいなどとんでもありません。子供ら相手の手習いで暮らしに窮《きゅう》しておりますれば」

大悟は、藩を追われても当時の上下関係を意識しながら慇懃《いんぎん》に答えた。

「実は、ここのところ姫様がとみにそなたに会いたがっている。婚儀が破談《はだん》となってから、夢にまで見るほどそなたが懐《なつ》かしいようだ」

「はあ……」

弥生が本題に入ったが、大悟も、琴音からすでに聞いているとも言えず曖昧《あいまい》な返事をした。

「そんなに思われるほどの仲だったのか」

「とんでもない。ご承知のように、私の元許婚《いいなずけ》である琴音殿が姫様のお相手だったため、一度お目もじしただけなのです」

「そうか。まあ一目でも恋に陥《おちい》ることがあるのやも知れぬ」

弥生の口から恋などという言葉が出て、大悟は驚いた。

「や、弥生様も恋をしたことがあるのですか……」

「私の話など余計なこと。元より剣にて藩に仕《つか》える身なれば、男に惑わされたことなど一度もない」

弥生が濃い眉を吊り上げ、毅《き》然《ぜん》と答えた。

「話を戻す。とにかく一度、どのような形にしろ姫様に会って頂きたい。もっとも改易《かいえき》の身では、藩邸への出入りは難しいだろう。私も、梶沢善吾郎様の品位と人格は尊敬していたので、その名誉が回復されれば、そなたの帰参《きさん》も叶《かな》い、一番良いのだが」

「え、ええ、しかし今となっては……」

大悟も言い淀《よど》んだ。

単に吉岡辰之助が、酔って帳簿の改竄《かいざん》を口に出しただけのことで何の証拠も残っていないのである。それに口外《こうがい》しないと琴音と約束をし、琴音の父、征之進をも不正の再調査から手を引くよう説得しなければならない。

「そこで、姫様にはお忍びで藩邸を出て、ここへ来てもらおうと思う」

「承知致しました」

「その折り、姫様がそなたに情交を求めるやも知れぬ」

弥生の言葉に、大悟は思わず顔を上げ、股間を熱くさせてしまった。

「そ、そのようなこと、許されないでしょう……」

「姫様は、ことのほか淫気が強いようで、寝所の警護をしていても、自分を慰《なぐさ》める声が洩《も》れてくる」

彼女の言葉に大悟は、あの可憐《かれん》だった千津が手すさびして喘《あえ》ぐ様子を想像し、とうとう激しく勃起してきてしまった。

「それで、私は拒《こば》み通せばよろしいのですね」

「いや、姫様の意向《いこう》に沿うよう願いを叶えて差し上げて欲しい。さもないと気鬱《きうつ》で臥《ふ》せりかねないご様子なのだ」

弥生も、このような話題で頰《ほお》を紅潮《こうちょう》させていた。

「ときに、大悟殿は女を知っているか」

いきなり訊かれ、彼はビクリと身じろいだ。

「い、いえ……、改易以来は暮らしに精一杯で、そのような余裕は……」

すでに大家《おおや》の母娘と琴音と懇《ねんご》ろになっているのだが、大悟は無垢《むく》のふりをして答えた。

「左様《さよう》か。無垢同士では支障もあろう。私で、情交を試してもらいたい」

「え……！」

今度こそ驚き、大悟は硬直《こうちょく》した。いや、気持ちは驚いているが、一物の方は最前より硬直しているのである。

「よ、よろしいのでしょうか。そのようなこと……」

「これも、姫様への忠義と思う」

弥生が、まるで試合に臨《のぞ》むように眉を吊り上げ、重々しく言った。

「や、弥生様も無垢では……」

「むろん、まだ男は知らぬし、此度《こたび》のことがなくば一生知るつもりもなかった。ただ……」

「ただ？」

「張り型だけは使用し、どのような心地かは知っている」

弥生が言い、大悟は姫君の手すさび以上に、この女丈夫《じょじょうふ》が張り型を自らの陰戸に入れて喘ぐ姿を想像して激しく胸が高鳴った。

「初めての相手が私では不足もあろうが、姫様のため手を貸して欲しい」

「い、いいえ、不足など滅相《めっそう》もありません。弥生様で女を知るならば光栄至極《しごく》です

「……」

「ならば脱いでくれ」

弥生は言うなり立ち上がり、手早く床《とこ》を敷き延《の》べて、ためらいなく袴《はかま》を脱ぎはじめたではないか。

（まさか、弥生様とすることになるなど……）

大悟は、ここ最近に大きく押し寄せた女運に驚きながら、自分も脇差《わきざし》を置いて立ち上がり、袴と着物を脱ぎはじめていった。

弥生も緊張しているようだが、脱ぐ動きを止めることなく着物と襦袢《じゅばん》を脱ぎ去り、たちまち一糸《いっし》まとわぬ姿になってしまった。

「どのようにすれば良い」

「まず、初めての女の身体をつぶさに見たいので、どうか仰向《あおむ》けに」

大悟も下帯《したおび》まで取り去り、全裸になって答えると、弥生は布団《ふとん》に仰向けになって長い手足を投げ出した。

にじり寄って見下ろすと、さすがに逞しい肢体《したい》をしていた。

肩と二の腕の筋肉が発達し、乳房はそれほど豊かではないが張りがありそうに息づいていた。

そして三十近くなっても、生娘とあって乳首と乳輪は初々《ういうい》しい桜色をしていた。

腹も引き締まった腹筋が段々になり、股間の茂みは楚々《そそ》として淡《あわ》く、太腿《ふともも》は荒縄でもよじり合わせたように逞しかった。

脱いだため、今まで内に籠《こ》もっていた熱気が解放され、濃厚に甘ったるい汗の匂いが部屋に立ち籠めてきた。

「触れて構いませんか……」

「むろん、好きなように……」

興奮と緊張にかすれた声で囁《ささや》くと、弥生も小さく答え、神妙《しんみよう》に長い睫毛《まつげ》を伏せて小刻みな呼吸を繰り返した。

「では失礼を……」

大悟は言い、屈《かが》み込んで乳房に迫っていった。

相手は剣術指南役、しかも家老の娘である。すでに藩と縁を切った自分でも、生まれついての上下関係は身に沁《し》み付き、畏れ多さに胸が震えたが、一物だけは硬直したままで、実に頼りになった。

彼は肌から発する甘い匂いを感じながら、まず乳首にチュッと吸い付き、舌で転がしながらもう片方も指で探り、顔中を張りのある膨《ふく》らみに押し付けながら感触を味わった。

「く……！」

触れられた弥生が小さく呻《うめ》き、ビクリと肌を硬直させた。

過酷《かこく》な稽古《けいこ》に明け暮れているから、なおさら微妙な触れ方には敏感なのかも知れない。

大悟は充分に舌を這《は》わせ、もう片方の乳首も含んで舐《な》め回した。

二

「アア……、何と、いい気持ち……」

弥生がか細く声を洩《も》らし、クネクネと身悶《みもだ》えはじめた。

受け身になると、急に男を装った部分が影を潜めて、一個の女に戻ったようだった。

日頃、道場で痛めつけられている若い藩士たちの誰が、弥生のこのような反応を想像するだろうか。

大悟は左右の乳首を充分に愛撫すると、弥生はすっかり熱い息遣いを繰り返し、少しもじっとしていられないほど腰をよじらせていた。

張り型で自慰をしているだけあり、心の中では実際に男にされる想像も年中していたのだろう。

大悟は乳首を味わってから、弥生の腕を差し上げ、腋《わき》の下にも鼻を埋め込んで濃厚な体臭に噎《む》せ返った。

色っぽい腋毛は生ぬるく湿り、隅々には濃く甘ったるい汗の匂いが馥郁《ふくいく》と沁み付いていた。

彼は胸を満たしてから、張りのある肌を舐め降り、引き締まった腹部にも顔を押し付けて弾力を味わい、臍《へそ》を舐めて腰から太腿、脚を降りていった。

弥生も身を投げ出し、されるまま喘ぐばかりで拒むことはしなかった。

脛《すね》にはまばらな体毛があり、野趣《やしゅ》溢れる魅力が感じられた。

足首まで行って、大きな足裏に回り込んで踵《かかと》から土踏まずに舌を這わせ、太くしっかりした指にも鼻を割り込ませて嗅《か》いだ。

指の股は生ぬるい汗と脂《あぶら》にジットリ湿り、ムレムレの匂いが濃厚に籠もり、彼は貪《むさぼ》りながら爪先《つまさき》にしゃぶり付いた。

「あう……、何をする、汚いのに……」

我に返った弥生が言ったが、蹴るようなこともしなかった。

「隅々まで知りたいので、どうかご辛抱を。むろん姫様には、嫌がることは決して致しませんので」

大悟は答え、全ての指の股に舌を挿《さ》し入れて味わった。

「アア……、男に足をしゃぶられるなど、何と、変な感じ……」

弥生はいつしか朦朧《もうろう》としながら喘いだ。彼はもう片方の足も貪り、味と匂いを堪能《たんのう》し尽くしてしまった。

そして股を開かせ、脚の内側を舐め上げながら張りのある内腿をたどり、股間に顔を迫らせていった。

同じ生娘でも、十八の咲とは全く違い、弥生の陰戸は熱い大量の淫水にまみれて息づいていた。割れ目からはみ出した陰唇に指を当てて左右に広げてみると、花弁状の膣口からは白く濁った粘液が滲《にじ》み、ポツンとした尿口の穴もはっきり見て取れた。

そして包皮を押し上げるようにツンと突き立ったオサネは、まるで幼児の男根のように、親指の先ほどもある大きなものであった。

何やら、これが彼女の男っぽい資質の根源であるような気がした。

大悟は艶《なま》めかしい眺めに吸い寄せられ、ギュッと顔を埋め込んでいった。

柔らかな茂みに鼻を擦《す》りつけて嗅ぐと、腋に似た甘ったるい汗の匂いが濃く籠もり、それに蒸《む》れたゆばりの匂いも混じって、それらの刺激が悩ましく鼻腔《びこう》を掻《か》き回してきた。

胸を満たしながら舌を這わせ、陰唇の間に挿し入れていくと、ヌメリは淡い酸味を含み、すぐにも舌の動きを滑《なめ》らかにさせた。

彼は襞《ひだ》の入り組む膣口を探り、大きなオサネまで味わいながらゆっくり舐め上げていった。

「アアッ……、そこ……！」

弥生が身を弓なりに反《そ》らせて喘ぎ、内腿でムッチリときつく彼の両頬を挟《はさ》み付けてきた。

本来は、姫君に情交を求められたとき戸惑わぬように、ということで始めた行為だが、今や弥生はすっかり自分の快楽に夢中になっているようだった。

大悟は彼女のもがく腰を抱え、チロチロと舌先で弾《はじ》くようにオサネを刺激し、チュッと強く吸い付いた。

「あう、もっと強く……！」

弥生が呻き、大量の淫水を漏らして悶え続けた。

大悟も、無敵の剣の遣い手をこのように翻弄《ほんろう》していることが誇らしく、さらに熱を込めて愛撫を続けた。

さらに彼女の両脚を浮かせ、引き締まった尻の谷間にも迫った。

桃色の蕾《つぼみ》は、日頃から稽古で力んでいるせいか、枇杷《びわ》の先のように肉を盛り上げ、実に艶めかしい形状をしていた。

鼻を埋めて蒸れた匂いを貪ってから、舌を這わせて濡らし、ヌルッと潜《もぐ》り込ませて滑らかな粘膜を探ると、

「く……、何をする……」

弥生が驚いて呻き、キュッときつく肛門で舌先を締め付けてきた。

しかし、彼の鼻先にある陰戸からは粗相《そそう》したかと思えるほど大量の淫水が溢れてきた。

大悟は充分に味わい、ようやく舌を離して足を下ろし、再び大きなオサネに吸い付いていった。

「お、お願い、嚙《か》んで……」

と、弥生が口走った。やはり稽古で痛いことには慣れているので、強い刺激の方が好みなのだろう。

大悟も大きな突起《とつき》を前歯で挟み、コリコリと軽く刺激しながら舌を這わせ、吸引も続行した。

「あうう、もう駄目、入れて……！」

弥生が嫌々をして呻き、切羽《せっぱ》詰まったようにせがんできた。

大悟も身を起こして前進し、急角度にそそり立った幹に指を添えて下向きにさせ、濡れた陰戸に先端を擦り付けると、ヌメリを与えてからゆっくり挿入していった。

張り詰めた亀頭が潜り込むと、あとは大量の潤《うるお》いでヌルヌルッと滑らかに根元まで吸い込まれていった。

「アア……、いい……」

弥生が熱く喘ぎ、両手を伸ばして彼を抱き寄せた。

大悟も肉襞の摩擦と締め付け、潤いと温もりを感じながら脚を伸ばし、身を重ねていった。

やはり普通の生娘ではなく、張り型の挿入に慣れて快楽も知っているからか、その反応は美保などと同じぐらい貪欲《どんよく》であった。彼は股間を密着させ、頑丈《がんじょう》に出来ている彼女に遠慮なく体重を預けた。

「ああ……、これが男のもの……、温かくて心地よい……」

弥生は、本物の男根の感触を味わうように、キュッキュッと膣内を収縮させて言った。

大悟はのしかかりながら、熱く喘ぐ弥生の口に鼻を押し付け、火のように熱い息を嗅いだ。それは花粉のような甘い刺激を含み、微《かす》かに唇《くちびる》で乾いた唾液《だえき》の香りも混じって鼻腔を掻き回した。

胸を満たしてから唇を重ね、きっしり並んだ頑丈な歯並びを舐めると、

「ンンッ……！」

彼女も熱く呻きながら歯を開き、チュッと強く彼の舌に吸い付いてネットリとからめてきた。大悟は男装美女の生温かな唾液と舌のヌメリを味わい、息の匂いに酔《よ》いしれた。

すると待ちきれないように、弥生がズンズンと股間を突き上げてきた。

これも生娘らしからぬ行為だが、大悟も合わせて腰を突き、何とも心地よい摩擦に高まった。

「あう、もっと強く深くまで、何度も乱暴に突いて……！」

弥生が口を離して熱く囁き、何度もガクガクと激しく腰を跳ね上げた。

大悟が暴《あば》れ馬にしがみつく思いで腰を遣うと、大洪水になった淫水が互いの股間をビショビショにさせ、クチュクチュと淫《みだ》らな摩擦音を立てた。

「い、いきそう……、もっと……」

弥生が絶頂の波を迫らせて言い、膣内の収縮を活発にさせた。

とうとう大悟も先に昇り詰め、大きな絶頂の快感に全身を貫《つらぬ》かれてしまった。

「く……！」

呻きながら、熱い大量の精汁をドクンドクンと勢いよく中にほとばしらせ、奥深い部分を直撃すると、

「あ、熱い……、いく……、アアーッ……！」

噴出を感じた弥生が激しく喘ぎ、ガクガクと狂おしい痙攣《けいれん》を開始した。やはり張り型は射精しないから、奥に感じる精汁の温もりで気を遣《や》ってしまったようだ。

大悟は心ゆくまで快感を噛み締め、股間をぶつけるように突き動かし続けた。

弥生も膣内を締め付けながら、何度も寄せ来る快楽の波に身悶えていた。

やがて最後の一滴まで出しつくし、彼が徐々に動きを弱めていくと、

「アア……、良かった、すごく……」

弥生も肌の強《こわ》ばりを解いてゆき、声を洩らしながらグッタリと身を投げ出していった。

大悟は遠慮なく身を預けながら、まだ息づく膣内でヒクヒクと過敏に幹を上下させ、女丈夫の熱く甘い吐息を胸いっぱいに嗅ぎながら、うっとりと快感の余韻《よいん》に浸《ひた》り込んでいったのだった。

三

「私はかなり匂ったのではないか。すぐ入れるものと思っていたのに、まさか隅々まで舐めるとは……」

裏の井戸端で、弥生が身体を流しながら言った。

井戸端は行水も出来るように葦簀《よしず》が立て掛けられ、裏路地から覗《のぞ》かれることもない。

弥生は、まだ快楽の余韻が覚めやらぬように逞しい肌を息づかせ、大悟も全身

を洗い流した。そして彼は、簀の子に座り込んで目の前に弥生を立たせ、片方の足を浮かせて井戸のふちに乗せた。

「何をするのだ……」

「ゆばりを放って下さい」

彼が、開いた股間に顔を埋めて答えると、

「なに、なぜそのような……」

「弥生様から出たものを浴《あ》びてみたいので」

大悟は言いながら割れ目に舌を這わせた。

もう恥毛に籠もっていた濃厚な匂いは薄れてしまったが、すぐにも新たな淫水が溢れ、舌が滑らかに動いた。

「あう……、そんなもの求めるのは変だぞ……」

弥生は呻きながらも、再び感じはじめたようにガクガクと膝を震わせ、されるがままになった。

大悟は大きなオサネを吸い、舌で柔肉《やわにく》を搔き回した。

「アア……、吸ったら、本当に出る……」

彼女もすっかり尿意を高めて言うと、柔肉が迫《せ》り出すように盛り上がり、味わいと温もりが変化してきた。

同時に、チョロチョロと熱い流れがほとばしってきたのだ。

「く……、離れて……」

弥生が息を詰めて言ったが、大悟は流れを口に受けて味わった。匂いも味も淡いもので、抵抗なく喉《のど》を通過するのが嬉しかった。

そして勢いが増すと、口から溢れた分が胸から腹に温かく伝い流れ、ムクムクと回復した一物が心地よく浸された。

「ああ、莫迦《ばか》……、飲むなんて……」

弥生は朦朧《ようしゃ》として言いながらも、ゆるゆると放尿を続けた。

剣術で容赦なく藩士を痛めつけるのは平気でも、ゆばりを飲ませるなどという行為は今まで夢にも思ったことがなかったのだろう。しかし、それなりに一種恍《こう》惚《こつ》の心持ちになっているようだ。

勢いの頂点を越えると、急激に流れは弱まり、間もなく治まってしまった。見ると、ポタポタと滴《したた》る雫《しずく》に淫水が混じり、次第にツツーッと淫らに糸を引きはじめた。

大悟は残り香の中で余りの雫をすすり、割れ目内部を舐め回した。

「も、もう良い……」

感じた弥生が言って足を下ろし、もう一度互いの身体を洗い流した。

そして身体を拭《ふ》き、全裸のまま部屋の布団へと戻った。

もちろん彼女も、まだまだ初めての男の観察をしたいようだ。

「見せてくれ……」

弥生が言い、仰向けになった大悟を大股開きにさせ、腹這いになって顔を寄せてきた。

「これが本物……、これが入ったのだな……」

彼女が熱い視線を注ぎ、彼は息を感じてヒクヒクと幹を震わせた。

弥生も指で触れ、感触や行動を確かめるように手のひらに包み込んでニギニギと動かした。

「ああ……」

大悟も、美しく強い弥生に触れられて快感に喘いだ。

彼女は得物を握るように強めではなく、壊れ物でも扱うように優しく触れてくれた。

張り詰めた亀頭も指で撫で、さらにふぐりをいじって二つの睾丸をコリコリと確認し、袋をつまんで肛門まで覗き込んだ。物珍しげな視線と指の蠢《うごめ》きは、無垢だった咲と良く似ていた。

　さらに彼女は、大悟の両脚を浮かせ、何と自分がされたようにチロチロと彼の肛門を舐め回してくれたのである。

「あう、そのようなことしなくて良いのですよ……」

　大悟は、畏れ多さに呻いたが、弥生は念入りに舐めて濡らし、ヌルッと潜り込ませてきたのだ。

「く……！」

　彼は妖《あや》しい快感に呻き、美女の舌先を肛門でキュッと締め付けた。

　弥生も厭《いと》わず中で舌を蠢かせ、熱い鼻息でふぐりを刺激した。

　ようやく脚を下ろすと、そのままふぐりを舐め回して睾丸を転がし、さらに身を乗り出し、いよいよ肉棒の裏側を舐め上げてきた。

　同じ武家女でも、やはり箱入り娘で淑《しと》やかな琴音とは違い、家柄は最上位だが弥生はずっと大胆で、思いのまま積極的に愛撫してきた。

　先端まで来ると幹に指を添え、粘液が滲みはじめた鈴口をチロチロと舐め、張り詰めた亀頭にもしゃぶり付いた。

「これが、精汁？」

股間から、弥生が訊いてきた。

「いえ、女の淫水と同じ、感じると濡れてくるだけです。精汁は白く、勢いよく飛ぶものなのです」

「なるほど、確かに陰戸の奥にほとばしりを感じた……」

弥生は言い、あらためて亀頭をくわえ、モグモグとたぐるように喉の奥まで呑《の》み込んでいった。

そして幹を丸く締め付けて吸い、熱い鼻息で恥毛をくすぐりながら、口の中ではクチュクチュと舌をからめてきた。

「ああ……、気持ちいい、弥生様……」

大悟は腰をくねらせて喘ぎ、彼女の口の中で唾液にまみれた一物をヒクヒクと震わせた。

やがて弥生が、スポンと口を引き離した。

「飲んでもみたいが、やはりもう一度入れたい」

「ど、どうか跨《また》いで上からどうぞ……」

大悟が答えると、弥生はすぐにも身を起こして前進し、ためらいなく彼の股間に跨がってきた。唾液に濡れた先端に陰戸を押し当てると、すぐにも腰を沈めて膣口に受け入れていった。

屹立《きつりつ》した一物は、ヌルヌルッと滑らかに根元まで嵌《は》まり込み、

「アアッ……！」

弥生は顔を仰《の》け反《ぞ》らせて喘ぎ、完全に座り込んで股間を密着させてきた。

大悟も股間に重みと温もりを感じながら、肉襞の摩擦ときつい締め付け、大量の潤いを味わった。

二度目なので暴発する心配はなく、さっきよりじっくり味わえそうだった。

「ああ、なんて気持ちいい……」

彼女はグリグリと股間を擦り付けて喘ぎ、やがて身を重ねてきた。

大悟も下から両手を回して抱き留め、僅《わず》かに両膝を立てて引き締まった尻を支えた。

弥生は彼の胸に乳房を押し付け、自分から腰を遣いはじめた。

そして彼の肩に腕を回し、上からピッタリと唇を重ねてきたのだ。

大悟も熱く甘い吐息の匂いに酔いしれ、滑らかに舌をからめながら、動きを合わせてズンズンと股間を突き上げはじめていった。

「ンンッ……！」

弥生が熱く呻き、膣内の収縮を活発にさせていった。

彼女も二度目なので、心ゆくまで生身の男根を味わっているようだ。

溢れるヌメリが動きを滑らかにさせ、ふぐりの脇を伝って肛門の方まで生温かく流れてきた。

突き上げて引くたびにクチュクチュと淫らに湿った摩擦音が響き、

「あうう、擦れていい気持ち……」

弥生が口走って強く腰を律動《りつどう》させた。雁首の張りが天井に擦れるのが良いらしく、そこばかり集中的に動かしてきた。

大悟も高まりながら弥生の顔を引き寄せ、喘ぐ口に鼻を押し込んで濃厚な吐息を嗅いで高まると、彼女も舌を這わせてしゃぶってくれた。

さらに顔中を擦り付けると弥生も大胆に舐め回してくれ、たちまち大悟は唾液にヌラヌラとまみれ、悩ましい匂いに絶頂を迫らせた。

しかし今度は先に弥生の方が、

「い、いく……、アアーッ……！」

声を上ずらせてガクガクと狂おしい痙攣を起こし、激しく気を遣ってしまったのだ。やはり上の方が自在に動け、感じる場所を好きに擦れて快感が増したようだった。

　これも、張り型に慣れているゆえだろう。

「く……、気持ちいい……」

　続いて大悟も、美女の唾液と吐息の匂いに包まれながら、心地よい摩擦の中で昇り詰めてしまった。大きな快感とともに、ありったけの熱い精汁がドクンドクンと内部に勢いよくほとばしると、

「ああ、感じる、もっと出して……！」

　噴出を感じた弥生が駄目押しの快感に喘ぎ、さらにキュッキュッときつく締め上げてきた。

　大悟も股間を突き上げながら快感を嚙み締め、心置きなく最後の一滴まで出し尽くしていった。

　ようやく気が済んで動きを止めると、

「アア……」

　弥生も硬直を解いて声を洩らし、グッタリともたれかかってきた。

「け、剣では負けぬが、そなたの持つ一振りの肉刀には敵わぬ……」

彼女が荒い呼吸で言い、名残《なごり》惜しげに収縮を繰り返すと、刺激された大悟の一物はヒクヒクと過敏に跳ね上がった。

「も、もう堪忍《かんにん》……」

弥生は敏感になって声を洩らし、彼も濃厚な花粉臭の吐息を胸いっぱいに嗅ぎながら、うっとりと快感の余韻を味わったのだった……。

四

「おお、梶沢ではないか。尾羽《おは》うち枯《か》らしているかと思ったが、色艶《いろつや》も良いではないか。さては髪結いの女にでも飼われたか」

大悟が弥生の家からの帰り道、居酒屋の前を通りかかると窓から吉岡辰之助が声を掛けてきた。

まだ明るいうちから飲み、いつもの腰巾着《こしぎんちゃく》たちも一緒なので、どうやら目付《めつけ》に就任した祝いでもしていたのだろう。

「一緒に一杯やらぬか。琴音の身体のことも教えてやるぞ」

「…………」

辰之助の言葉に眉をひそめ、大悟はそのまま行き過ぎようとしたが、

「待て、梶沢！　返事ぐらいしろ！」

無視されて癇《かん》に障《さわ》ったようで、辰之助が大刀を抱えて店から飛び出してきた。

「おい、お前の親父は糞真面目《くそまじめ》すぎるぞ。細工した帳簿で失脚だけさせようと思ったのに、いきなり腹を切るとはな」

「吉岡様、では父に不正はなかったのですね」

大悟が向き直って言うと、

「そんなことは知らぬ。すでに藩士でないお前には関わりなきこと」

辰之助が呂律《ろれつ》の回らぬ口調で答えた。

しかし、そこへ弥生が現れたのである。どうやら大悟の忘れた脇差を持って追ってきたらしい。

脇差を忘れるとは、快楽の余韻の最中とはいえ、よくよく武士らしくなくなってしまったのだなと彼は自分で思った。

「吉岡殿、今の話は聞き捨てならぬが、細工した帳簿とは何か」

「や、弥生様……！」

いきなり横から弥生に言われ、辰之助は目を見開いて硬直した。

剣の腕もさることながら、江戸家老の娘でもあり、辰之助が苦手としている相手である。

「やはり、梶沢善吾郎様の一件には仕組みがあったのだな。それは、吉岡儀兵衛様もご承知のことか！」

弥生が凛として睨《にら》み付けると、辰之助は震え上がり、店にいた腰巾着たちも一瞬で酔いを覚ましたようで、店の外にぞろぞろと出てきた。

「い、いいえ、今のは酔いの戯《ざ》れ言《ごと》なれば……」

「良い。父に申し上げ、徹底的に調べるからそのつもりでいろ」

「ど、どうか、そればかりは……、すでに落着したことですので。では失礼いたします……」

辰之助は何度も頭を下げて言うと、やがて仲間を促し、足早に立ち去ってしまった。

「ううむ、同じ藩士として恥ずかしい。とにかく調べ上げ、善吾郎様の無実の罪を晴らさねば」

「弥生様、どうかご家老様に言うのはお止《や》め下さいませ……」

大悟は、脇差を受け取り腰に差しながら言った。

「なぜ。そなたも父の無念を晴らしたいであろう」

「すでに家臣でもない私のことで、藩に悶着《もんちゃく》を起こしたくありません」

大悟は言った。

別に琴音との約束というわけではなく、やはり梶沢家のことで今さら藩に騒動を起こしても、父は生き返らないのである。それよりは、潔《いさぎよ》い武士として父を思い出に残し、自分はどこか他家で家名を存続させれば良いと思いはじめていたのだった。

不正を暴かれて困るのは吉岡家と、辰之助の子を産んだ琴音なのだ。

「そこまで言うのなら、父に言うのは控える。ただ私独自で調べたい。確か琴音の父、隠居した天津征之進様も何やら動いている様子」

「どうか、穏当《おんとう》にお願い致します」

「未《ま》だ、許婚だった琴音を気遣うか。少し妬《や》ける」

弥生はすねたように言い、とにかく怒りを治めたようだった。

「姫様との忍びの目通り、日が決まればまた報《しら》せる」

「承知致しました」

彼が答えて辞儀《じぎ》をすると、弥生は踵《きびす》を返して足早に帰っていった。

大悟も、日が傾く頃に神田の裏長屋に戻ると、味噌《みそ》汁を温め、冷や飯と干物で夕餉《ゆうげ》を済ませたのだった。

五

「お湯屋に行くと言って、来てしまいました」

早めだが大悟が寝ようかと床を敷き延べると、そこへ美保が訪ねて来た。

相当に淫気を溜《た》め込み、毎日来たいのを我慢し、とうとう堪《こら》えきれなくなったようだ。

もちろん大悟も、美保の顔を見た途端に熱い淫気を湧き上がらせてしまった。

何といっても彼にとって、美保は最初の女だから思い入れも違うのである。

まだ湯屋へ行く前なので、今日も彼女は生ぬるく甘ったるい匂いを艶めかしく漂わせていた。

もう互いの淫気も充分すぎるほど伝わり合っているので、すぐにも大悟は着流しを脱ぎ、美保も帯を解きはじめた。

「ああ、会いたかった……。もう大悟さんのことばっかり思い浮かべていたんですよ」

見る見る白い熟《う》れ肌を露《あら》わにしながら、美保が熱っぽい眼差《まなざ》しで言った。

先に彼が全裸になって横になると、すぐ美保も一糸まとわぬ姿になり添い寝してきた。

大悟は甘えるように腕枕してもらい、腋の下に鼻を埋め込んで嗅ぎ、色っぽい腋毛に籠もる甘ったるい濃厚な汗の匂いに噎せ返りながら、目の前で息づく乳房を探った。

「アア……、匂うでしょう。恥ずかしいことばっかりして……」

美保がクネクネと熟れ肌を悶えさせながら喘ぎ、彼の顔を胸に抱きすくめてきた。彼も乳首にチュッと吸い付いて舌で転がし、もう片方の乳首も指でクリクリと刺激した。

「ああ、いい気持ち……」

彼女は熱く喘ぎ、大悟もコリコリと硬くなった左右の乳首を交互《こうご》に含んで舐め回し、さらに滑らかな肌を舐め降りていった。

柔肌は淡い汗の味がし、どこに触れても美保はビクッと敏感に反応した。

大悟は腹から豊満な腰、ムッチリした太腿から脚を舐め降り、足裏にも舌を這わせ、指の間に鼻を押し付けて嗅いだ。今日も指の股は汗と脂に湿り、蒸れた匂いを濃く沁み付かせていた。

「あう……、駄目……」

爪先にしゃぶり付き、全ての指の間に舌を割り込ませると、美保がヒクヒクと熟れ肌を震わせて呻いた。

大悟は両足とも味と匂いを貪り尽くし、股を開かせて脚の内側を舐め上げていった。白く滑らかな内腿をたどると、股間から発する熱気と湿り気が顔中を包み込んできた。

見ると、ふっくらした丘に茂る恥毛の下の方が、割れ目から溢れる淫水で雫を宿し、指で広げるとかつて咲が生まれ出てきた膣口がヌメヌメと潤って息づいていた。

堪《たま》らずに顔を埋め込み、柔らかな茂みに鼻を擦りつけて嗅ぐと、蒸れた汗とゆばりの匂いが悩ましく鼻腔を刺激して胸に沁み込んできた。

熟れた匂いを貪りながら舌を挿し入れ、淡い酸味のヌメリを掻き回して膣口からオサネまで舐め上げていくと、

「アア……、いい気持ち……」

美保が快感に喘ぎ、内腿でキュッときつく彼の両頰を挟み付けてきた。

もうためらいは見せず、前回されたことは全てしてもらいたいようだ。

大悟はチロチロとオサネを弾くように舐めては、泉のように湧き出すヌメリをすすった。

さらに美保の両脚を浮かせ、豊満な尻の谷間に鼻を埋め込み、蕾に籠もる匂いで鼻腔を刺激されてから、舌を這わせてヌルッと潜り込ませた。

「あう……」

美保が呻き、モグモグと味わうように肛門で舌先を締め付けてきた。

大悟は滑らかな粘膜を探り、脚を下ろして再び陰戸に顔を埋め、淫水をすすってオサネに吸い付いた。

「お、お願い、入れて……」

美保が熱く息を弾《はず》ませてせがむので、大悟も股間から這い出し、彼女の胸に跨がった。

「じゃ先に舐めて濡らして」

言って前屈みになり、先端を鼻先に突き付けると、美保も顔を上げてパクッと亀頭にしゃぶり付いてきた。

そのまま深く潜り込ませていくと、

「ンンッ……」

美保が熱く呻いて強く吸い、股間に熱い息を真下から吐きかけながらクチュクチュと舌をからめてくれた。

たちまち一物は、美しい後家《ごけ》の生温かな唾液にまみれた。

充分に高まると、大悟は一物を引き抜いて彼女の下半身に戻った。

「じゃ、四つん這いになって下さい。最初は後ろから」

彼は言い、美保をうつ伏せにさせた。

実は咲が置いていってくれた春本を読み、様々な体位を試したかったのだ。

美保も素直に四つん這いになり、白く豊かな尻を持ち上げ、彼の方に突き出してきた。

その色っぽい眺めだけで彼は興奮を高め、膝を突いて股間を進めていった。

後ろから先端を膣口に押し当て、感触を味わいながらゆっくり潜り込ませていくと、急角度に反り返った一物が内壁を擦りながら、ヌルヌルッと滑らかに根元まで吸い込まれていった。

「アアッ……、いい……！」

美保が顔を伏せて喘ぎ、彼の股間に尻の丸みが密着して心地よく弾んだ。

なるほど、この尻の感触が後ろ取り（後背位）の醍醐味《だいごみ》なのだと実感した。

大悟は腰を抱え、ズンズンと股間を前後させて肉襞の摩擦を味わった。

さらに滑らかな背に覆いかぶさり、両脇から回した手でたわわに揺れる豊かな乳房を鷲摑《わしづか》みにした。

「つ、突いて……、もっと強く……」

美保が言い、自ら尻を前後させはじめた。溢れる淫水がクチュクチュと音を立て、彼女の内腿にも伝い流れた。

大悟も強く弱く律動《りつどう》を繰り返したが、やはり顔が見えないのが物足りず、やがて身を起こすといったん一物を引き抜いた。

「今度は横向きに」

言って彼女を横向きにさせ、上の脚を真上に上げて下の内腿に跨がり、松葉《まつば》くずしの体位で再び挿入して上の脚に両手でしがみついた。

「アア、すごいわ……」

美保も新鮮な快感に喘ぎ、横向きのまま腰をくねらせた。

互いの股間が交差しているので密着感が高まり、膣内のみならず擦れ合う内腿の感触も彼を高まらせた。

何度か動いたが、やはりこれも顔が遠いので昇り詰めるには到らない。

大悟は感触だけ充分に味わい、再び一物を引き抜いた。

そして美保を仰向けにさせ、本手（正常位）で挿入していった。

「ああ……、お願い、もう抜かないで……」

ヌルヌルッと根元まで一気に貫くと、美保が両手を伸ばし、彼を抱き寄せながら言った。

彼も脚を伸ばして身を重ね、胸の下で押し潰れる乳房の弾力を感じながら温もりを味わった。

すると待ちきれないように、美保が下からズンズンと股間を突き上げてきた。

それに合わせ、大悟も徐々に腰を遣いはじめると、すぐにも互いの動きが一致し、硬い恥骨の膨らみまで擦り付けられた。

彼は上から唇を重ね、ネットリと舌をからめた。

「ンンッ……」

美保も熱く鼻を鳴らし、舌を蠢かせてきた。

大悟はジワジワと高まり、それでも春本に書かれていたように焦《じ》らし、九浅一深の技で緩急《かんきゅう》を付けながら律動を繰り返した。

「い、いきそうよ……、アアッ……！」

美保が口を離し、淫らに唾液の糸を引きながら喘ぎ、膣内の収縮を活発にさせていった。

「ね、やっぱり茶臼《ちゃうす》（女上位）がいい……」

大悟は言い、動きを止めてそろそろと肉棒を引き抜いて添い寝していった。

すると美保も素直に身を起こし、彼の股間に跨がってきたのだ。気が急《せ》くように先端を陰戸に押し当て、腰を沈めてヌルヌルッと根元まで膣口に受け入れていった。

「アア……、いい……！」

美保が言い、股間を密着させて身を重ねてきた。

やはり大悟も、この体位が一番しっくりした。

何しろ上から唾液も垂らしてもらえるし、喘ぐ表情を見上げるのが好きなのである。そして重みと温もりを受け止めると、美女に翻弄《ほんろう》されているような気になるのだった。

すぐにも美保が股間をしゃくり上げるように擦り付け、収縮する膣内で一物を揉《も》みくちゃにした。

大悟は彼女の顔を引き寄せ、熱く喘ぐ口に鼻を押し込んで嗅いだ。

美保の口は今日も、熱く湿り気を含んだ白粉《おしろい》臭が悩ましく籠もり、嗅ぐたびに甘美な刺激が胸に沁み込んできた。

彼女も舌を這わせて鼻の穴を舐め回してくれ、さらに上から唇を重ね、ネットリと舌をからませた。

大悟も美女の吐息と唾液に酔いしれながらズンズンと股間を突き上げ、今度こそ絶頂に向けて高まっていった。

「唾《つば》を出して……」

囁くと、美保も懸命に分泌《ぶんぴつ》させ、口移しにトロリと注いでくれた。

彼は味わい、うっとりと喉を潤しながら突き上げを続けると、

「い、いっちゃう……、気持ちいいわ、アアーッ……！」

たちまち美保が収縮を強めて声を上ずらせ、ガクガクと狂おしい痙攣を開始してしまった。

抜けそうになるほど暴れる彼女を下からしっかりと抱え、続いて大悟も収縮の中で昇り詰めていった。

「く……！」

快感に呻き、彼はありったけの熱い精汁をドクンドクンと勢いよく注入した。

「あう、もっと……！」

美保が奥深い部分に噴出を感じて呻き、さらに締め付けを強めて悶えた。

大悟も心ゆくまで快感を味わいながら、激しく股間をぶつけ、最後の一滴まで出し尽くしていった。

すっかり満足し、徐々に突き上げを弱めていくと、

「アア……」

ようやく美保も満足したように声を洩らし、熟れ肌の強ばりを解いてグッタリと体重を預けてきた。

まだ膣内の収縮が続き、過敏になった一物がヒクヒクと上下した。

そして彼は重みと温もりを受け止め、美保の吐き出す熱く甘い息を間近に嗅ぎながら、うっとりと快感の余韻を嚙み締めたのだった。

しばし重なったまま呼吸を整え、やがて美保が懐紙《かいし》を手にノロノロと身を起こし、股間に当てて一物を引き抜いた。

そのまま陰戸を拭きながら顔を移動させ、淫水と精汁にまみれている亀頭にし

やぶり付いてきた。

「あう……」

大悟は呻き、チュッと吸い付かれて思わず硬直した。

美保は念入りに舌を這わせてヌメリをすすり、根元まで呑み込んで貪った。

「ど、どうか、もう……」

彼が腰をくねらせて降参すると、ようやく美保もスポンと口を引き離して息を吐いた。

「ああ、若い男の匂い……」

美保が淫らに舌なめずりして言い、そんな様子に彼はたちまち回復しそうになってしまった。

しかし今日の射精はもう充分だし、美保もこれから急いで湯屋に寄ってから、咲の待つ桃屋に帰らなければならないだろう。

それは彼女も承知しているのか起き上がると、髪を整えて身繕《みづくろ》いをはじめた。

「咲の婿《むこ》に、良い人が見つかりそうです。三崎町《みさきちょう》にある紙屋の次男で、大人《おとな》しくて優しそうな十八歳」

「そ、そうですか……」

美保が帯を締めながら言う。彼女も婿養子を取っていたから、扱いやすい男はよく分かっているのだろう。

やがて美保は帰ってゆき、大悟は全裸のまま戸締まりに起きた。そして戻って寝巻を着ると、行燈《あんどん》を消して横になった。

（じゃ近々、お咲ちゃんも婿を取るのかも知れないな……）

大悟は思い、今日も色々あったことを振り返って目を閉じると、さすがに疲れたか、すぐにも睡《ねむ》りに落ちていったのだった……。

第四章　姫君のいけない好奇心

一

「姫様、お久しゅうございます……」

大悟は、弥生からの報《しら》せを受け、昼餉《ひるげ》を終えるとすぐにも弥生の家に出向き、千津に目通りをしていた。

もっとも会うのはこれで二度目、前回は一年半前に琴音との婚儀の挨拶《あいさつ》に行った。大悟がまだ藩士の頃である。

それでも千津は、たいそう懐《なつ》かしげに彼の顔を見つめた。

「大悟か、会いたかった」

十八となった千津は、何とも美しく成長していた。

そして姉とも慕《した》う琴音の夫ということで、娘らしい憧《あこが》れを寄せ、そんな思いを長く抱き続けてきたようだった。

まして大悟は琴音と一緒にならず、藩を追われ、千津も胸を痛めたのだろう。ようやく立ち直って他藩の若君との婚儀が整ったが、それも解消となると、再び大悟への熱い思いが甦《よみがえ》ったようだ。

「弥生様は……」

「一刻ばかり他出《たしゅつ》すると言っていたので、恐らく天津征之進と会うのでしょう」

「さ、左様《さよう》ですか……」

「供のものも帰したので、他には誰もおらぬ。私とそなた二人きり」

千津は、熱っぽい眼差《まなざ》しを彼に注ぎ続けた。

思いのほか軽装で、島田に結った髪に簪《かんざし》や飾りはなく、質素《しっそ》な着物姿である。

お忍びであるし普通の家に来るのだから、目立たぬようにしたのだろう。

「昔のことになるが、琴音との破談《はだん》に私は泣き明かしたものです。勘定方《かんじょうがた》だった父のことも不幸に思いますが、息災《そくさい》そうで何より」

「恐れ入ります」

大悟は、平伏したまま答えた。藩邸《おやしき》での目通りではないので、さすがに裃《かみしも》までは着けなかったが、腰に大小を帯び、急いで湯屋に立ち寄って身綺麗《みぎれい》にしてか

ら訪ねたのである。

「ときに私には、次の婚儀の話が出ようとしています」

「それは、お目出度《めでと》う存じます」

「いや、まだ決まりではなく、私は見知らぬ堅苦しい家に嫁《か》すよりは、そなたと一緒になりたいと夢見ています」

「そ、それは……」

言われて、大悟は度肝《どぎも》を抜かれて目を見開いた。

「姉と思う琴音の夫になるべきだった男、それと一緒になれたら、どんなに幸せでしょう。そなたに藩籍がなくても、爺《じい》の養子にすれば造作《ぞうさ》もないこと」

爺とは江戸家老、弥生の父親のことである。

「そのようなこと、殿をはじめ藩内に混乱を来《きた》します……」

「好いた男と一緒になるのに、何の支障がありましょう」

千津が言う。

自分の中だけで一年半も夢に描き、思い続けたことだが、こうして実際に大悟と会っても、それほどの幻滅《げんめつ》もなかったようだ。

「まして功労のあった梶沢善吾郎殿の無実の罪が晴れれば、どこからも文句は出

ないでしょう」

　やはり千津も、いや藩内の大部分が大悟の父に関する再吟味《ぎんみ》を望んでいるのかも知れない。しかし、それは同時に琴音と、その子を不幸に落とすことになるだろう。

「わ、私は、何とお答え申して良いか分かりかねます……」

「よい、すぐの返事でなくても。それよりせっかく二人きりなのだから、私に男と女のことを教えて欲しい」

「え……」

　言われて、さらに大悟は驚いて絶句《ぜっく》した。

　むろん弥生から聞いていて、千津がたいそう情交に好奇心を持っていること、夜毎《よごと》に自分で慰《なぐさ》めていることを聞き、こうしたことは心の片隅で予想し、期待したことでもあった。

「前の婚儀が整ったとき、乳母《うば》はただお相手の言いなりになり、神妙《しんみょう》に横たわっていれば良いとしか教えてくれませんでした。しかし十八ともなれば、それなりに知っておかねば不安ばかり増します。どうか、そなたで知りたい」

　千津の気持ちは、婚儀が近づいた咲と同じものであろう。結局一国の姫君も、商家の娘も変わりないということだった。

「それとも、私と戯《たわむ》れるのは嫌ですか」

「い、嫌ではありませんが……」

「ならば、今はもう家臣ではないのだから、もっと楽にして、全て脱いで男というものを学ばせて欲しい」

千津が言うなり、立ち上がって自分から帯を解きはじめたのである。

すでに傍《かたわ》らには、床《とこ》が敷き延《の》べられていた。

その布団《ふとん》を見たから、大悟も最初から妖《あや》しい期待に胸と股間を熱くしていたのだった。

「さあ、大悟も」

促されて、大悟も意を決して脇差《わきざし》を鞘《さや》ぐるみ抜くと、大刀と一緒に部屋の隅に置いた。

そして覚悟を決めて袴《はかま》を下ろし、帯を解いて着物を脱ぎはじめていった。

禁断の震えと緊張はあるが、一物だけは頼もしく正直に、ピンピンに突き立っていた。

千津の様子を窺《うかが》いながら、下帯《したおび》まで解くと、全裸で布団に横たわった。

彼女もためらいなく腰巻まで脱ぎ去り、向き直って彼を見た。幼い頃から人に世話を焼かれていた姫様育ちだから、見られる羞恥《しゅうち》というのはないようだ。

「これが、男のもの……」

千津は、真っ先に彼の股間に熱い視線を注いで言った。

「これが入るのですか。何と大きな……」

さすがに弥生のように張り型を知っているわけではないのだろう。

「でも、うんと濡れれば入るかも……」

すでに自慰で濡れることも、その快楽も知っている千津は言い、まだ一物には触れずに添い寝してきた。

「さあ、普通に情交をしてみて……」

彼の隣で仰向《あおむ》けになり、千津が神妙に身を投げ出して言った。

「わ、私は普通でないかも知れませんが……」

「どのように？」

「武士は女の股《また》に顔など入れないでしょうが、私は隅々まで舐《な》めてみたいので」

「ど、どのようにでも、大悟の思う通りにして……」

言うと千津も、期待に息を弾《はず》ませて求めてきた。

大悟は身を起こし、姫君の肢体《したい》を観察した。

透けるように色白の肌は実に滑《なめ》らかそうで、息づく乳房も形良く、乳首と乳輪は初々《ういうい》しく清らかな桜色をしていた。

腰も太腿《ふともも》もほど良い肉づきで、股間の翳《かげ》りは楚々《そそ》として淡《あわ》く煙《けぶ》っている。

そして無垢《むく》な肌からは、生ぬるく甘ったるい汗の匂いが漂《ただよ》ってきた。

すでに藩士ではないが、まさか自分の人生で、仕えるべき姫君と二人きりで情交出来る日が来るなど夢にも思わなかったものだ。

大悟は屈《かが》み込み、チュッと乳首に吸い付いて舌で転がし、顔中を膨《ふく》らみに押し付けて柔らかな感触を味わった。

「アア……」

千津がすぐにも熱く喘《あえ》ぎ、クネクネと身悶《みもだ》えはじめた。日頃の自慰も、こうした行為を思い描いてしていたのだろう。

大悟は左右の乳首を交互《こうご》に含んで舐め回し、さらに腋《わき》の下にも鼻を埋め込んで嗅《か》いだ。

生ぬるく湿った和毛《にこげ》には、甘ったるい汗の匂いが濃厚に籠《こ》もり、悩ましく彼の鼻腔《びこう》を刺激してきた。

彼は姫君の体臭で胸をいっぱいに満たし、湿った腋に舌を這《は》わせた。

「あう、くすぐったい……」

千津がか細く言い、大悟は脇腹を舐め降り、腹部の中央に移動して形良い臍《へそ》を舐め、張り詰めた下腹にも顔を押し付けて弾力を味わった。

丸みを帯びた腰からムッチリした太腿、脚を舐め降りたがどこもスベスベの舌触りだった。

千津も息を弾ませ、されるまま身を投げ出していた。

足裏に回って舌を這わせ、指の股に鼻を割り込ませると、やはりそこは汗と脂に生ぬるく湿り、蒸《む》れた匂いが濃く沁《し》み付いていた。

姫君も町娘も同じような匂いだが、何しろ畏《おそ》れ多さが興奮を高め、彼は貪《むさぼ》るように爪先《つまさき》にしゃぶり付いた。

「アア……、そのようなところを……」

さすがに千津も驚いたように喘ぎ、彼の口の中で指を縮めた。

全ての指の間を味わい、もう片方の爪先も味と匂いを貪り尽くすと、いよいよ彼は千津を大股開きにさせ、脚の内側を舐め上げていった。

白く滑らかな内腿をたどり、熱気と湿り気の籠もる股間に迫った。

ぷっくりした丘には薄目の若草が煙り、割れ目からはみ出した花びらは、すでに驚くほど大量の蜜汁にネットリとまみれているではないか。

指でそっと広げると、無垢な膣口が花弁のように襞《ひだ》を入り組ませて息づき、小さな尿口も見えた。

そして包皮の下からは、咲よりもやや大きめのオサネがツンと突き立って光沢を放ち、もう堪《たま》らず大悟は顔を埋め込んでいった。

二

「アアッ……、大悟、いい気持ち……！」

舌を這わせると、千津がビクリと顔を仰《の》け反《ぞ》らせて喘ぎ、キュッときつく内腿で大悟の両頰《ほお》を挟《はさ》み付けてきた。

彼も舌を挿《さ》し入れて淡い酸味のヌメリを搔《か》き回し、膣口からオサネまでゆっくり舐め上げた。

チロチロとオサネを刺激するたび、蜜汁の量が格段に増し、彼はすすりながら執拗《しつよう》にオサネにも吸い付いた。

「い、いきそう……」

千津が口走るので、まだ早いと思った大悟は舌を引っ込め、彼女の両脚を浮かせ、白く形良い尻の谷間に迫った。

薄桃色の可憐《かれん》な蕾《つぼみ》に鼻を埋め込み、顔中に密着する双丘の弾力を感じながら嗅ぐと、やはり蒸れた微香が秘めやかに籠もり、悩ましく鼻腔を刺激してきた。

大悟は姫君の匂いを貪りながら舌を這わせ、細かに収縮する襞を濡らし、ヌルッと潜《もぐ》り込ませて滑らかな粘膜を探ると、

「く……、何をしているの……」

千津が呻《うめ》き、キュッと肛門で舌先を締め付けてきた。朦朧《もうろう》とし、もう何をされているかも分からないようになっているのだろう。

大悟は舌を蠢《うごめ》かせ、ようやく脚を下ろして再びオサネに吸い付いた。

「も、もう駄目、大悟、入れて……」

千津が声を上ずらせてせがんできた。

乳母から、ただじっとされるままになれと言われただけのようだが、やはり挿入の仕組みぐらいは何となく知っているようだ。

良いのだろうかと思いつつ、彼も高まりに乗じて身を起こし、股間を進めた。

先端を濡れた割れ目に擦《す》り付けて潤《うるお》いを与え、膣口に狙いを定めた。

彼女も目を閉じ、じっとそのときを待っているようだ。

大悟も意を決して、グイッと股間を進めると、張り詰めた亀頭が無垢な膣口を丸く押し広げて潜り込み、あとはヌルヌルッと滑らかに根元まで呑《の》み込まれていった。

「あう……」

千津が微《かす》かに眉《まゆ》をひそめて呻き、奥歯を嚙《か》み締めた。

彼も熱いほどの温もりと、きつい締め付けに包まれながら股間を密着させ、脚を伸ばして身を重ねていった。

「アア……、奥が、熱い……」

千津が喘ぎ、下から両手を回してきつくしがみついてきた。

大悟はまだ動かず、あまり重みをかけてはいけないと気遣いつつ姫君の感触を味わった。

喘ぐ口から滑らかな歯並びが覗《のぞ》き、鼻を押し付けると、濃厚に甘酸っぱい匂いが鼻腔を悩ましく刺激してきた。咲に似た匂いで、やはり暮らしや食べ物が違っても同じ十八なら似通うのかも知れない。

大悟は、姫君の乾いた唾液《だえき》と吐息の匂いを心ゆくまで嗅いでから、そっと唇《くちびる》を重ねて舌を挿し入れた。

歯並びをたどり、桃色の引き締まった歯茎《はぐき》まで探ると、彼女も歯を開いて受け入れ、舌を触れ合わせてきた。

チロチロとからみつけると、生温かな唾液にヌメる舌が可憐に蠢いた。

「ンン……」

千津は熱く呻き、チュッと彼の舌に吸い付いてきた。

その間も膣内の収縮が続き、潤いも増してきているので、大悟は様子を見ながら小刻みに腰を遣いはじめた。

「アア……」

彼女が口を離し、顔を仰け反らせて喘いだ。

「痛いですか。無理なら止《よ》しますので」

「最後まで、お願い……」

気遣って囁《ささや》くと、千津は健気《けなげ》に答えた。

さらに腰を遣い続けると、大量に溢れた淫水が動きを滑らかにさせ、クチュクチュと湿った摩擦音も聞こえてきた。

「ああ……、とうとう大悟と一つに……」

千津が感極まったように言い、合わせてズンズンと股間を突き上げはじめた。

どうやら破瓜《はか》の痛みも麻痺《まひ》し、それよりも念願の行為に夢中になっているようだった。

いったん動くと彼も、あまりの快感に気遣いを忘れ、次第に激しく股間をぶつけるようになってしまった。

しかし、中に出して良いものだろうかと、最後のためらいが湧《わ》いた。姫君を孕《はら》ませてしまったら、親子揃っての切腹になるかも知れない。いや、藩士ではないので暗殺されるのではないだろうか。

「よ、良いのですか。もし孕んだりしたら……」

「それは神様が決めることです。出来たら大切にするだけですので」

大悟が囁くと、千津は突き上げを止めずに答えた。

むしろ孕んだ方が、大悟と一緒になるのが容易《たやす》くなるぐらいに思っているのかも知れない。

とにかく快楽に負け、大悟も覚悟を決めて動き続けるうち、とうとう心地よい締め付けと摩擦、果実臭の吐息で彼は絶頂に達してしまった。

「く……！」

突き上がる大きな快感に呻き、熱い大量の精汁をドクンドクンと勢いよく柔肉《やわにく》の奥にほとばしらせると、

「ああ……、感じる、もっと……」

奥深い部分に噴出を感じ、千津が口走って締め付けを強めてきた。

まだ気を遣《や》るほどには到らないだろうが、思いを寄せる男の精汁を受けたことで、気持ちの上では充分な快楽が得られたようだった。

大悟は激しく一物を出し入れさせ、摩擦快感の中で心置きなく最後の一滴まで出し尽くしてしまった。

そしてすっかり満足しながら徐々に動きを弱めてゆき、力を抜いて姫君にもたれかかっていった。

激情が過ぎ去ると、また不安に襲われたが、まだ収縮する膣内に刺激されると一物が過敏にヒクヒクと震えた。

そして大悟は彼女の喘ぐ口に鼻を押し付け、かぐわしく甘酸っぱい吐息を嗅ぎながら、うっとりと快感の余韻《よいん》を味わったのだった。

千津もすっかり強《こわ》ばりを解いて身を投げ出し、荒い呼吸を繰り返していた。

大悟は、あまり長く乗っているのも申し訳ないので、手を伸ばして身を起こし、そろそろと股間を引き離した。

手早く一物を拭《ぬぐ》いながら、千津の股間に顔を寄せて見ると、やはり陰唇が痛々しくはみ出し、そっと指で広げると膣口から逆流する精汁に、うっすらと鮮血が混じっていた。

それでも咲のときのように出血は多くなく、すでに止まっているようだ。

(とうとう姫様としてしまった……)

大悟は、千津の陰戸を優しく拭《ふ》いてやりながら思った。

思えば、大家《おおや》の母娘を皮切りに、かつての許婚《いいなずけ》に家老の娘、そして今度は姫君とまでしてしまったのである。

「大丈夫ですか」

「ええ……、身体を流したい……」

訊《き》くと千津が起きようとしたので、彼も支えながら立たせてやった。

そして部屋を出て裏の勝手口から出ると、井戸端に行って水を汲《く》み上げた。

盥《たらい》に水をあけ、しゃがみ込んだ千津の股間を洗ってやり、大悟も自分で一物を流してから、濡らした手拭いで彼女の身体を拭いてやった。

やがて、さっぱりしたように千津が息を吐いた。

「どうか、ここに立って、ゆばりを放って下さいませ」

大悟は、またムクムクと回復しながら、弥生にもしてもらったことを求めてしまった。

「ゆばりを？　なぜ」

「いっぱい淫水をすったので、ゆばりも味わってみたいのです」

大悟は簀《す》の子に座って言い、目の前に千津を立たせた。

「どのようにすれば……」

千津は尿意を催《もよお》したか、弥生よりためらいがないように言った。

「では、このまま出して下さい」

さすがに姫君の足を浮かせて井戸端のふちに乗せさせるのは酷《こく》だった。それは脚の長い長身の弥生だから出来たことである。

だから、やや股を開いて股間を突き出させ、大悟が腰を抱えながら割れ目に鼻と口を押し付けた。

やはり恥毛に沁み付いていた匂いも薄れてしまったが、それでも舐めると新たな蜜汁が溢れて舌の動きを滑らかにさせた。

「アア……、変な感じ……」

千津が下腹に力を入れ、尿意を高めながら喘いだ。

大悟が舌を這わせると、次第に柔肉が迫《せ》り出すように盛り上がり、温もりと味わいが変化してきたのだった。

三

「あう、出る……」

千津がガクガクと膝《ひざ》を震わせながら、息を詰めて言うなり、熱い流れがチョロチョロとほとばしってきた。

大悟は口に受けて味わい、夢中で喉《のど》に流し込んでいった。

「アア……、このようなことするなんて……」

千津が、また朦朧となって声を震わせ、止めようもなく勢いを増して放尿を続けた。

味も匂いも淡く上品で、何の抵抗もなく喉を通過したが、勢いがつくと口から溢れた分が温かく肌を伝い流れて、回復した一物を心地よく浸《ひた》した。

やがて流れが治まると、大悟はポタポタと滴《したた》る温かな雫《しずく》をすすり、残り香に包まれながら割れ目を舐め回した。

また新たな淫水が溢れ、残尿を洗い流すように淡い酸味のヌメリが内部に満ちていった。

「ああ、もう駄目……」

オサネを舐められ、立っていられなくなった千津が言うなり、股間を離してクタクタと座り込んできた。

それを支え、大悟はもう一度陰戸を洗い流してやり、自分も水を浴びると立ち上がって、互いの身体を拭いた。

まだ弥生が戻るまでには余裕もあるだろう。

二人は全裸のまま部屋の布団に戻り、大悟は横たわった。

「もうこんなに勃って……、まだしたいのですか。私はもう充分……」

千津が、屹立《きつりつ》した肉棒を見て言った。

確かに、生娘《きむすめ》が初の挿入をしたばかりなのだから、続けてする気にはなれないだろう。

「指で、可愛《かわい》がって下さい……」

大悟は言って千津を添い寝させ、腕枕してもらいながら彼女の手を握り、一物に導いた。

千津も好奇心いっぱいに息を弾ませながら、やんわりと強ばりを手のひらに包み込み、感触を味わうようにニギニギと愛撫してくれた。

「ああ……」

「気持ち良いのですね」

彼が喘いで幹を震わせると、千津が甘酸っぱい息で囁いた。

「どうか唾《つば》を、下さい……」

「何でも飲みたいのね……」

せがむと、千津も答えて拒《こば》まず、すぐに顔を寄せて愛らしい唇をすぼめ、口に溜《た》めた唾液をトロリと垂らしてくれた。

白っぽく小泡の多い粘液を舌に受けて味わい、うっとりと喉を潤した。

「美味《おい》しいの？」

「ええ、とても……」

彼が答えると、さらに千津はクチュッと吐き出してくれた。その間も一物への愛撫は続き、彼もジワジワと絶頂を迫らせていった。

大悟は千津の開いた口に鼻を押し込み、湿り気ある甘酸っぱい息でうっとりと胸を満たした。

「ああ、何と良い匂い、いきそう……」

彼がヒクヒクと幹を震わせながら言うと、

「ね、お口でしてみたい。そなたもいっぱい舐めてくれたから……」

千津が言って身を起こした。

「よ、良いのですよ、そのようなことしなくて……」

「ううん、私がしたいのです」

彼女は答え、とうとう大悟を大股開きにさせて真ん中に腹這い、股間に白い顔を迫らせてきた。

「そう、ここも舐めてくれたのね……」

千津は言いながら、彼の両脚を浮かせて尻の谷間を舐めてくれた。チロチロと舌を這わせて濡らし、ヌルッと潜り込ませると、

「あう……、姫様……」

大悟は妖しい快感と畏れ多さに呻き、キュッと肛門で姫君の舌先をきつく締め

付けた。

千津は彼の股間に熱い息を籠もらせながら、内部で舌を蠢かせた。

やがて顔を上げると脚を下ろし、不思議そうにふぐりを撫《な》で回した。

「お手玉のよう……」

股間から言い、とうとうふぐりにも舌を這い回らせ、二つの睾丸を転がして袋全体を生温かな唾液にまみれさせてくれた。

「アア……」

大悟は喘ぎ、まるで愛撫をせがむように幹を上下に震わせた。

すると千津も身を乗り出し、とうとう肉棒の裏側を舐め上げ、ゆっくり先端までたどってきたのである。

滑らかな舌が這い上がり、さらに彼女は幹に指を添え、粘液の滲《にじ》む鈴口までチロチロと舐め回してくれたのだ。

別に不味いとは感じなかったか、そのまま張り詰めた亀頭をくわえ、小さな口を精一杯丸く開いて、スッポリと根元まで呑み込んでいった。

「ああ……、気持ちいい……」

大悟は夢のような快感に喘ぎ、姫君の口の中で生温かな唾液にまみれた肉棒を、ヒクヒク震わせた。

「ンン……」

千津も深々と頬張りながら熱く鼻を鳴らし、息で恥毛をそよがせながら、幹を締め付けて吸った。口の中ではクチュクチュと舌がからみつき、彼は急激に絶頂を迫らせた。

「い、いけません、お口が汚れますので……」

警告を発したが、肉体は気持ちとは裏腹にズンズンと股間を突き上げてしまった。すると千津も顔を小刻みに上下させ、スポスポと強烈な摩擦を繰り返しはじめたのである。

もう我慢できず、大悟はいけないと思いつつ二度目の絶頂に達してしまった。

「あう……！　どうか離れて下さい……」

快感に呻き、口走りながらも彼は、ありったけの熱い精汁をドクンドクンと勢いよくほとばしらせ、姫君の喉の奥を直撃してしまった。

「ク……」

噴出を受けた千津は小さく呻いたが、なおも舌の蠢きと吸引、濡れた口の摩擦を続行してくれた。精汁は二度目とも思えない量で、脈打つように飛び散り、やがて最後の一滴まで出し尽くした。

「アア……」

とうとう姫君の口まで汚してしまい、大悟は魂《たましい》まで吸い取られたようにグッタリと身を投げ出して喘いだ。

ようやく千津も動きを止め、亀頭を含んだまま口に溜まった精汁をコクンと一息に飲み干してくれた。

「あう……」

喉が鳴ると同時に口腔がキュッと締まり、彼は駄目押しの快感に呻いた。

千津は、下から上から大悟の精汁を集め、ようやくチュパッと軽やかな音を立てて口を離した。

なおも幹を握って余りをしごき、鈴口に脹《ふく》らむ白濁の雫まで丁寧に舐め取ってくれたのだった。

「ど、どうか、もう……、有難うございました……」

大悟がクネクネと過敏に腰をよじって言うと、ようやく千津も舌を引っ込めてくれた。

彼女は添い寝し、甘えるように肌をくっつけてきた。

「ね、指でして……」

そして、いつもの自慰の通り、オサネでの絶頂をせがむように言うので、大悟も割れ目に手を這わせ、ヌメリを付けた指の腹で小刻みにオサネを擦ってやった。

「アア……、いい、そこ……」

千津が喘ぎ、熱い息を弾ませながら身悶えた。

彼女の吐息に精汁の匂いは残っておらず、さっきと同じ甘酸っぱい果実臭がしていた。大悟もうっとりとした余韻の中で、千津のかぐわしい息を嗅ぎながら愛撫を続けてやった。

指の動きに合わせ、クチュクチュと湿った音が聞こえ、たちまち千津は気を遣ってしまった。

「い、いく……、いい気持ち……、アアーッ……！」

千津が声を洩《も》らし、ガクガクと狂おしい痙攣《けいれん》を開始した。

やはり挿入より、オサネへの刺激の方が昇り詰めやすくなっているようだった。

「も、もういい、大悟……」

やがて、すっかり気が済んだように千津が言い、大悟も指を引き離し、彼女の呼吸が整うまで抱いてやったのだった……。

四

「失礼いたします……」

またお高祖頭巾《こそずきん》の琴音が訪ねて来た。手習いも終えた昼過ぎである。

「ああ、そこを閉めて、心張《しんば》り棒《ぼう》を嚙ませてから上がって下さい」

大悟が言うと、密室になることに妖しい期待を抱いたか、琴音は頰を強ばらせ黙々と戸締まりをして上がり込んできた。

そして頭巾を外して端座《たんざ》すると、大悟も向かいに座り、美しい琴音を前に股間を熱くさせた。

「父が、弥生様と会ったようです。うちの旦那《だんな》様も、酔《よ》うたびに口が軽くなって困っております」

「ええ、先日会いました。でも、いかに弥生様や天津様が動いても、何ら証《あか》しというものは残っていないのでしょう」

「はい、善吾郎様が付けた帳簿は、すでに全て廃棄されております。もっとも、それを命《めい》じたのは目付《めつけ》である義父《ちち》でしょうけれど」

琴音が言う。

彼女も実家の父と元許婚、今の夫との板挟みで困っているようだ。ただ琴音は夫の旧悪を暴《あば》かれ、子が不幸になることだけを懸念し、平穏のみを願っているのである。

「義父上は、本当に辰之助の改竄《かいざん》を知っているのでしょうか。それとも息子の言い分を鵜呑《うの》みにしただけでしょうか」

「何とも分かりかねます。私はお役目には関われませんので」

琴音が俯《うつむ》き、モジモジと両膝《ひざ》を掻き合わせた。

「どうかなさいましたか」

「あの、厠《かわや》をお借りしたいのですが……」

訊くと、琴音が頬を上気させて小さく答えた。

「ああ、長屋の厠は外に出て左にあります。お屋敷の厠とはわけが違い、誰か入っているのが分かるように戸も下半分しかありませんので」

大悟が言うと、外からおかみさんたちの談笑する声が聞こえてきた。

琴音も、来るときは誰もいなかったようだが、今は洗濯物を取り込む頃合でおかみさんたちの井戸端会議が始まってしまったようだ。

「とても使えません……」

琴音が言う。長屋の共同の厠は、もちろん皆で交代して掃除《そうじ》しているので、それほど汚いことはないが、定番組頭《じょうばんくみがしら》としてお屋敷の厠しか使ったことのない箱入り娘には、人に見られて入り、音まで聞かれるというのは相当に抵抗があるようだった。

「おかみさんたちは暇ですからね、しばらくは家に入らないでしょう。我慢できますか。ゆばりの方だけですよね？」

「はい……」

琴音が頷《うなず》き、大悟は急激に興奮を高めて勃起してきた。

「ならば、これにするしかありませんね」

彼は立ち上がって土間にあった手桶を持って戻り、琴音の前に置いた。

「こ、これにしろと……」

「ええ、厠に入るところをおかみさんたちに見られるより、すでに情を交《か》わした私だけの方がましでしょう」

「し、しかし、これは手水《ちょうず》に使う桶では……」

「ああ、そんなのは洗えば良いです。大好きな琴音さんから出るものですから」

大悟は言い、手早く床を敷き延べ、帯を解いて着物を脱ぎはじめた。

「さあ、琴音さんも脱いで下さい。裾を濡らすといけないので」

たちまち全裸になった彼は、勃起した一物を震わせながら琴音の帯に手をかけて解きはじめた。

「アア……」

彼女は羞恥に身をくねらせた。

「さあ、あまり我慢すると身体に悪いし、粗相《そそう》したらもっと恥ずかしいことになりますよ」

大悟は言って琴音を立たせると、彼女も切羽《せっぱ》詰まった様子で途中から自分で脱ぎはじめていった。元より、情交まで期待して来たのだろうから、脱ぐのは同じことである。

琴音は生ぬるく甘ったるい匂いを揺らめかせながら、着物を脱いで見る見る白い柔肌を露《あら》わにしていった。

大悟は襦袢まで取り去り、一糸《いっし》まとわぬ姿にさせると押しやって桶を跨《また》がせ、しゃがみ込ませた。

「ああ……、このようなところで……」

彼女が声を震わせ、完全にしゃがみ込んで身を強ばらせた。

「何の、こんな長屋などお屋敷の厠より狭いでしょう。さあ」

大悟は興奮しながら、しゃがみ込んだ彼女の股間を見つめた。

色白の太腿と脹《ふく》ら脛《はぎ》がムッチリと張り詰め、ぷっくりと丸みを帯びた割れ目からは桃色の花びらがはみ出していた。

「み、見られていたら出ません……」

「こぼさぬよう見ていないとなりませんので」

「アア……、なんて意地の悪い……」

琴音が詰《なじ》るように言いつつも、覗く陰唇は見られる羞恥に潤いはじめていた。

そしてしゃがみ込んでしまうと、放尿の体勢となって我慢も限界が来たようだった。

「み、見ないで、大悟さん……」

彼女は桶を跨いだまま、両手で顔を覆って言った。同時にムッチリと張り詰めた内腿がヒクヒクと震え、陰戸からチョロッと流れが漏《も》れてきた。

流れは捻《ひね》りを加えて陰唇を濡らし、ポタポタ滴《したた》ったが、やがてチョロチョロとした一条の流れとなって桶に注がれていった。

「アア……」

琴音は顔を隠したまま喘ぎ、注がれて泡立つ音にも激しく反応した。

彼も、もう無駄口はきかず荘厳《そうごん》な光景に目を凝《こ》らし、桶に溜まってゆくゆばりとほのかに漂う匂いに興奮を高めた。

桶の位置を整えなくても、外に漏れる心配はなく、ゆばりは全て上手《うま》く中に注がれた。

勢いを増したが、あとは急激に流れが弱まり、やがて放尿が終わった。

しかしポタポタと滴る余りの雫に淫水が混じり、次第にツツーッと淫《みだ》らに糸を引くようになっていった。

「か、紙を……」

琴音がか細く言ったが、大悟は桶から琴音を引き離し、彼女の身体を布団に仰向けにさせた。

「ああッ……、何を……」

「舐めて綺麗にして差し上げますので」

大悟は言い、彼女の股間に顔を埋め込んでしまった。柔らかな茂みに鼻を擦りつけると、汗とゆばりの蒸れた匂いが鼻腔を刺激した。

濡れた陰戸の中を舐め回すと、ゆばりの味わいと淫水が混じり、ヌラヌラと舌の動きが滑らかになった。

「アア……、い、いけません……」

琴音は嫌々をしながら声を震わせ、内腿でキュッときつく彼の両頰を挟み付けてきた。

大悟は温かくビショビショになった割れ目を貪り、ツンと突き立ったオサネを舐めると、次第にゆばりの味わいは薄れ、淫水の淡い酸味が溢れてきた。さらに彼女の両脚を浮かせ、尻の方にも伝った雫を舐め取り、谷間の蕾に鼻を埋め込んで秘めやかな微香を嗅いだ。

顔中を弾力ある双丘に密着させて匂いを貪り、舌を這わせてヌルッと蕾に潜り込ませると、

「あう……!」

琴音が熱く呻き、キュッときつく肛門で舌先を締め付けてきた。

大悟は舌を蠢かせ、滑らかで微妙に甘苦い粘膜を探り、ようやく脚を下ろすと

再び陰戸のヌメリをすすり、オサネに吸い付いていった。

「アア……、ど、どうか、もう堪忍《かんにん》……」

琴音が顔を仰け反らせ、内腿に力を込めて喘いだ。

大悟はオサネを舐めながら、唾液に濡れた肛門に左手の人差し指を浅く潜り込ませ、右手の二本の指を膣口に挿し入れていった。

そして、それぞれの内壁を指で小刻みに摩擦すると、

「駄目……、アア、いく……！」

羞恥と刺激の連続に彼女は声を上ずらせ、三カ所を同時に攻められながら、たちまちガクガクと狂おしく痙攣して気を遣ってしまった。

大悟も、前後の穴で指をきつく締め付けられ、大洪水になった淫水をすすりながら、彼女の絶頂の凄《すさ》まじさに圧倒された。

「アア……」

やがて琴音が声を洩らし、精根尽き果てたようにグッタリと身を投げ出していった。

ようやく大悟も舌を引っ込め、前後の穴からヌルッと指を引き抜くと、硬直《こうちょく》していた琴音がビクリと反応した。

肛門に入っていた指に汚れの付着はなく、爪にも曇りはないが悩ましい微香が感じられた。

膣内にあった二本の指の股は膜が張るように淫水にまみれ、指先も攪拌《かくはん》されて白っぽく濁ったヌメリにまみれ、指の腹は湯上がりのようにふやけてシワになっていた。

琴音は失神したように身を投げ出し、ただ荒い呼吸を繰り返すばかりで、大悟は彼女の足裏に顔を埋め、指の股の匂いを貪った。

五

「あう……、いけません……」

朦朧としながらも、琴音がヒクヒクと脚を震わせた。

大悟は蒸れた足指の間を嗅ぎ、舌を割り込ませて汗と脂の湿り気を探った。

両足とも味わい尽くすと、白い脚を舐め上げ、彼女が横向きになっているので豊満な尻から腰、滑らかな背中を舐め、淡い汗の味を堪能《たんのう》した。

そして向かい合わせに添い寝して腕枕してもらい、今日も濃く色づいて乳汁の滲《にじ》む乳首にチュッと吸い付いていった。

「アア……」

琴音が熱く喘ぎ、思わずギュッと彼の顔を胸に抱きすくめてきた。

大悟も、すっかり要領を得て巧《たく》みに吸い、滲んでくる生ぬるく薄甘い乳汁でうっとりと喉を潤した。

あまり飲んで赤ん坊の分がなくなるといけないので、適当なところでもう片方の乳首を含んで吸い、舌で転がしながら乳汁を味わった。

たちまち大悟の胸に甘ったるい匂いが満ち、うっとりと酔いしれながら彼は琴音の腕を差し上げ、腋の下にも鼻を埋め込んで嗅いだ。

柔らかな腋毛は生ぬるく湿り、甘ったるい汗の匂いが濃厚に籠もっていた。

大悟は胸を満たしながら仰向けになり、彼女の顔を股間へと押しやった。

ようやく余韻から覚めはじめた琴音も素直に移動し、大股開きになった真ん中に腹這いになって顔を寄せてきた。

「どうか、ここを舐めて下さい……」

大悟は自分で両脚を浮かせ、彼女の顔に尻を突き出して言った。

昼前に子供たちが帰ったあと、何やらすでに、淫らな予感がしていたので股間を濡れ手拭いで念入りに清めておいたのである。それほどここ最近、毎日のように美女たちと情交出来るのだ。

すると琴音も厭《いと》わず、彼の肛門にチロチロと舌を這わせ、熱い鼻息でふぐりをくすぐりながら、自分がされたようにヌルッと潜り込ませてくれた。

「ああ、気持ちいい……」

大悟は妖しい快感に喘ぎ、モグモグと味わうように美女の舌先を肛門で締め付けた。

別に辰之助に嫁した琴音を憎いとは思わないが、こうして彼にもしないであろう行為をされると、僅《わず》かながら溜飲《りゅういん》の下がる思いであった。

やがて脚を下ろし、

「ここも……」

ふぐりを指して言うと、琴音も舌を這わせて二つの睾丸を転がし、熱い息を籠もらせながら袋全体を生温かな唾液にまみれさせてくれた。

そしてせがむように幹を上下に震わせると、琴音も自分から身を乗り出し、肉棒の裏側をゆっくり舐め上げてきた。

滑らかな舌が先端に来ると、彼女は粘液の滲む鈴口を舐め回し、張り詰めた亀頭をくわえ、スッポリと喉の奥まで呑み込んでいった。

温かく濡れた口の中で、幹が歓喜にヒクヒクと震えた。

快感に任せてズンと突き上げると、

「ンン……」

琴音が呻き、温かな唾液がたっぷり溢れて一物を心地よく浸した。

さらに小刻みに突き上げると、彼女も顔を上下させ、濡れた上品な口でスポスポと強烈な摩擦を繰り返してくれた。

人の妻であるお歯黒《はぐろ》の口が、強ばりをしゃぶっている様子は、何とも彼の興奮をそそった。

やがて充分に高まると、大悟は琴音の手を握って引っ張った。

彼女もスポンと口を離して顔を上げ、引っ張られるまま仰向けの大悟の上を前進してきた。

「上から跨いで入れて下さい」

囁くと、琴音も少しためらったものの、すぐに彼の股間に跨がり、唾液に濡れた先端に陰戸を押し当ててきた。

位置を定めると息を詰め、彼女はゆっくり腰を沈み込ませた。

張り詰めた亀頭が潜り込むと、あとは潤いと重みでヌルヌルッと滑らかに根元まで嵌《は》まり込んでいった。

「アアッ……！」

琴音がビクッと顔を仰け反らせて喘ぎ、完全に座り込んで股間を密着させた。

大悟も肉襞の摩擦と温もり、きつい締め付けと潤いに包まれながら快感を嚙み締めた。

琴音が股間を擦り付け、彼も中で幹を震わせた。

両手を伸ばして抱き寄せると、彼女もゆっくりと身を重ね、顔を寄せてきた。

「お乳を、搾《しぼ》って……」

言うと、琴音も快感に支配され、ゆっくりと自らの乳首をつまみ、彼の顔にポタポタと新鮮な乳汁を滴らせてくれた。これも茶臼《ちゃうす》（女上位）ならではの醍醐味であった。

大悟は舌に雫を受けて味わい、霧状になって顔中に降りかかる乳汁の甘ったるい匂いに酔いしれた。

そして雫を宿す左右の乳首を交互に舐めてから、両手を回して抱き寄せ、両膝を立てて豊満な尻を支えた。

顔を引き寄せて唇を重ね、舌を挿し入れると彼女のネットリした舌にからみつけた。

生温かな唾液に濡れ、滑らかに蠢く舌は何とも美味《おい》しく、彼は滴る唾液をすって味わいながら、ズンズンと小刻みに股間を突き上げはじめた。

「ああ……」

琴音が口を離し、熱く喘ぎながら膣内の収縮を活発にさせた。

眉を剃《そ》り、お歯黒の歯並びを覗かせて喘ぐ様子は何とも艶《なま》めかしかった。

大悟は彼女の喘ぐ口に鼻を押し込み、熱く湿り気ある吐息を嗅いで鼻腔を満たした。

甘い花粉臭に混じり、鉄漿《かね》の金臭い成分が混じり、琴音の吐息は悩ましく彼の胸を掻き回した。

いったん突き上げると、あまりの快感にもう腰が止まらなくなり、大悟は下から股間をぶつけるように激しく動いた。

大量に溢れる淫水が生温かくふぐりの脇を伝い流れ、彼の肛門の方まで濡らしてきた。律動も滑らかになり、ピチャクチャと淫らに湿った摩擦音が響くと、彼女も次第に肌の波打ちを激しくさせていった。

「舐めて濡らして、顔中を……」

快感に任せて言うと、琴音も彼の鼻筋に舌を這わせてくれた。

舐めるというより、垂らした唾液を舌で塗り付ける感じで、大悟はヌラヌラと顔中まみれながら、唾液と吐息の匂い、肉襞の摩擦に高まっていった。

すると先に、琴音が気を遣ってしまったのである。

「い、いく……、アアーッ……！」

粗相したように大量の淫水を漏らしながら喘ぎ、ガクガクと狂おしい痙攣を繰り返しはじめた。

ゆばりを桶に放ったときから、否、大悟を訪ねるために家を出たときから、すっかり彼女は高まり続けていたのだろう。

大悟も、艶めかしい収縮と摩擦に巻き込まれ、続いて昇り詰めてしまった。

「く……！」

突き上がる大きな絶頂の快感に呻き、彼はありったけの熱い精汁をドクンドクンと勢いよくほとばしらせ、柔肉の奥深い部分を直撃した。

「ヒッ……！」

噴出を感じた琴音が、駄目押しの快感を得たように息を呑んで硬直し、精汁を飲み込むように膣内をキュッキュッときつく締め上げてきた。

大悟は心ゆくまで快感を噛み締め、最後の一滴まで出し尽くし、満足しながら突き上げを弱めていった。

「アア……」

琴音もか細く声を洩らし、肌の強ばりを解きながらグッタリと彼にもたれかかってきた。

大悟は彼女の重みと温もりを受け止め、まだ息づく膣内でヒクヒクと過敏に幹を上下に跳ね上げた。

「あう……、ど、どうか、もう堪忍……」

琴音も敏感になって呻き、幹の脈打ちを押さえつけるようにキュッときつく締め付けた。

彼は完全に動きを止め、琴音の喘ぐ口に鼻を押し込み、濃厚に甘い刺激の吐息を胸いっぱいに嗅ぎながら、うっとりと快感の余韻を味わった。

「は、離れます……」

琴音が小さく言うなり、そろそろと股間を引き離し、処理する気力も湧かないようにゴロリと横になっていった。

大悟も荒い息遣いを繰り返しながら、懐紙《かいし》を手にして手早く一物を拭うと、琴音の陰戸も手探りで拭いてやった。

「そ、そのようなこと……」

彼女が驚いたように言うと、急いで懐紙を受け取り自分で後始末をした。

「桶も、私が洗いますが、もうしばらく休ませて下さいませ……」

琴音は言いながら、いつまでも身を投げ出して呼吸を整えていた。

大悟も横になったまま、もし一年半前に琴音と一緒になっていたら、こんなに燃える日々が続いたのだろうか。人の妻だから、夢中になれるのではないかと思った……。

第五章　二人の美女に貪《むさぼ》られて

一

「目付《めつけ》の話はあとだ。今日は、どうしても姫様が、私を含めた三人で戯《たわむ》れたいとのこと」

昼過ぎに弥生の家へ出向くと、彼女が大悟に言った。もう千津も来ていて、床《とこ》も敷き延《の》べられているではないか。

（三人で……？）

大悟は、二人のキラキラ輝く好奇の眼差《まなざ》しを受け、妖《あや》しい期待に股間を熱くさせてしまった。

「さあ、では脱ごう」

弥生が、興奮を抑えるように言って脇差《わきざし》を置いた。

大悟も、淫《みだ》らな予感に途中で湯屋に寄り、軽く汗を流してきたのだ。

千津もためらいなく脱ぎはじめ、たちまち室内には甘ったるく生ぬるい二人の女の匂いが混じって立ち籠めた。

彼も手早く全裸になり、布団《ふとん》に仰向《あおむ》けになった。

すると二人も一糸《いっし》まとわぬ姿になり、彼の左右に座って見下ろしてきた。

「まず二人で好きにしたい」

弥生が言い、大悟の胸に屈《かが》み込むと、申し合わせていたように千津も彼の乳首にチュッと吸い付いてきた。

「あう……！」

大悟は左右の乳首を同時に吸われ、熱い息に肌をくすぐられながら呻《うめ》いた。

二人ともチロチロと舌を這《は》わせ、口を押し付けて強く吸った。

見れば、逞《たくま》しく長身の弥生と、小柄で可憐《かれん》な姫君が、一人の男にのしかかって貪《むさぼ》る様子は実に興奮をそそった。

「か、嚙《か》んで下さい……」

身悶《みもだ》えながら言うと、二人もキュッと乳首に歯を立ててくれた。

「あう……、もっと強く……」

さらにせがむと、二人も力を込めて甘美な刺激を与えてきた。

弥生の頑丈《がんじょう》な前歯が乳首を挟《はさ》み付け、千津の小粒の歯並びが小刻みに嚙んでくれた。

微妙に非対称の力加減に、大悟はじっとしていられずクネクネと身悶え、勃起した一物をヒクヒクと震わせた。

やがて二人は脇腹を下降して舌を這わせ、ときにキュッと歯を食い込ませた。そして腰から太腿《ふともも》、股間を避けて脚を舐《な》め降りていったのである。

まるで日頃、大悟が女に愛撫するような順序だった。

足首まで降りて行くと、二人は同時に彼の足裏を舐め、爪先《つまさき》にしゃぶり付いてきた。

「く……、そ、そのようなことしなくて結構です……」

大悟は、畏《おそ》れ多い快感に呻き、二人の濡れた口の中で指を縮めた。

二人は厭《いと》わず、彼の全ての指の股《また》にヌルッと舌を割り込ませた。

「あう……、どうか……」

彼は生温かなヌカルミでも踏むような心地で呻き、唾液《だえき》に濡れた指先でそれぞれの清らかな舌を挟み付けた。

やがてすべての指をしゃぶり尽くすと、二人は口を離して彼を大股開きにさせた。

脚の内側を舐め上げられ、内腿にもキュッと歯を立てられ、彼はまるで二人の美女に全身を食べられていくような快感に高まった。

二人が股間に達すると、弥生が大悟の両脚を浮かせ、先に尻の谷間に舌を這わせ、ヌルッと潜《もぐ》り込ませてきた。

「く……！」

大悟は唐突《とうとつ》な快感に呻き、美女の舌先を肛門でキュッと締め付けた。

弥生が内部で舌を蠢《うごめ》かすと、内側から刺激されるように勃起した一物がヒクヒクと上下した。

彼女が舌を引き離すと、ためらいなく千津も舐め回し、同じように潜り込ませてきたのだ。

「あう……」

大悟は畏れ多い快感に呻きながら、姫君の清潔な舌を肛門で味わった。

二人は交互《こうご》に彼の肛門を舐め回し、ようやく脚を下ろすと、二人で頬《ほお》を寄せ合い、同時にふぐりにしゃぶり付いてきた。

熱く混じり合った息が股間に籠《こ》もる。二人はそれぞれの睾丸を舌で転がし、優しく吸い付いてくれた。

そして二人は身を乗り出し、いよいよ肉棒を一緒に舐め上げてきたのである。

滑《なめ》らかな舌が裏側と側面をゆっくり這い上がり、先端までたどると、交互に粘液の滲《にじ》む鈴口をチロチロと舐め合った。

「アア……」

大悟は、通常より倍の快感に熱く喘《あえ》いだ。

まるで美しい姉妹が一本の飴《あめ》でも舐めているような、あるいは女同士の口吸いの間に一物を割り込ませたようだった。

先端を舐め合うと、二人は同時に張り詰めた亀頭をしゃぶった。

女同士の舌が触れ合っても、一向に気にならないようだ。確かに弥生は男のようだし、千津は些細《ささい》なことなど拘《こだわ》らない大らかさがあるからだろう。

やがて二人が交互に、肉棒を根元までスッポリと呑《の》み込んで吸い付き、ネットリと舌をからめてからスポンと引き抜くと、すかさずもう一人が同じように含んで吸引した。

「ああ……、い、いきそう……」

大悟が警告を発しても、二人は夢中になって代わる代わる強烈に肉棒を貪り続けてくれた。

二人の口腔の温もりと感触は微妙に異なり、どちらも心地よいが、次第に彼もどちらに含まれているか分からないほど、快感で朦朧《もうろう》となっていった。

とうとう二人は交互に含むたび、顔を上下させてスポスポと摩擦しはじめ、大悟も限界に近づいてクネクネと腰をよじらせた。

まるで全身が小さくなり、二人のかぐわしい口に含まれ、温かな唾液にまみれて舌で転がされているような快感だった。

「い、いく、いけません……、アアッ……！」

とうとう吸引と摩擦に昇り詰め、彼は大きな快感に全身を貫《つらぬ》かれて口走った。

同時に、熱い大量の精汁がドクンドクンと勢いよくほとばしり、ちょうど含んでいた千津の喉《のど》の奥を直撃してしまった。

「ンン……」

千津が噎《む》せそうになって口を離すと、すかさず弥生がパクッと亀頭をくわえ、余りの精汁を吸い出してくれた。

「ああ……！」

大悟は魂《たましい》まで吸い取られるような快感に喘ぎ、何度か腰を浮かせながら最後の一滴まで出し尽くしてしまった。

彼がグッタリとなると、弥生も動きを止め、一物を含んだまま口に溜《た》まった精汁をゴクリと飲み干した。

「く……」

大悟は駄目押しの快感に呻き、身を投げ出して荒い呼吸を繰り返した。

すると、さらに二人が屈み込み、濡れた鈴口を一緒にチロチロと舐め回してきたのである。

もちろん千津も、口に飛び込んだ第一撃を飲み込んでしまったようだ。

「ど、どうか、もうご勘弁を……」

大悟はクネクネと身悶え、幹を過敏に震わせながら降参した。

ようやく二人も先端を綺麗《きれい》にすると舌を引っ込め、一緒に身を起こした。

「さあ、どのようにすれば回復するか言って下さい。二人で何でもして差し上げますから」

弥生が言うと、放心状態なのに彼はまた新たな期待に胸がときめいた。

「では、お二人の足を私の顔に……」

仰向けのまま、まだ動けずに言うと、二人はすぐにも身を起こし、彼の顔の左右にスックと立ってくれた。

見上げると、何とも壮観だった。

弥生のスラリと長い脚と、千津の健康的な張りを持つ脚が上に伸び、それぞれの陰戸が濡れはじめていることも見て取れた。

二人は大悟の真上で身体を支え合い、そろそろと足を浮かせて同時に彼の顔に乗せてきた。

「ああ……」

大悟は妖しい快感に喘ぎ、二人分の足裏の感触を味わった。

舌を這わせ、それぞれの感触を堪能《たんのう》し、指の間にも鼻を割り込ませて嗅《か》いだ。

どちらも指の股は生ぬるい汗と脂に湿り、蒸《む》れた匂いが濃厚に沁《し》み付いて彼の鼻腔を刺激してきた。

「あう……」

千津が呻き、弥生に摑《つか》まりながらガクガクと脚を震わせた。

やがて足を交代してもらい、大悟は二人分の足の味と匂いを貪り尽くし、僅《わず》かの間にムクムクと回復して、すっかり元の硬さと大きさを取り戻してしまったのだった。

「では、顔を跨《また》いでしゃがんで下さい」

口を離して言うと、

「弥生が先に」

千津が言い、すぐにも弥生が手本でも示すように彼の顔に跨がり、厠《かわや》で用を足すようにゆっくりしゃがみ込んでくれたのだった。長い脚が折りたたまれるとムッチリと張り詰め、濡れた陰戸が大悟の鼻先に迫ってきた。

二

「アア、恥ずかしい……」

弥生が息を震わせて喘いだ。

勝手に振る舞える一対一と違い、姫君に気遣いながらだから、冷静な部分を残さざる得ず、なおさら淫らさに高まっているようだった。

大悟は、近々と迫る陰戸の熱気と湿り気を顔中に受け、陰唇の内側を真下から見上げた。

息づく膣口はヌメヌメと大量の淫水にまみれ、大きなオサネも愛撫を待つようにツンと突き立ち、ツヤツヤと光沢を放っていた。

腰を抱き寄せて股間に顔を埋め、柔らかな茂みに鼻を擦《す》りつけて嗅ぐと、生ぬるく蒸れた汗とゆばりの匂いが悩ましく彼の鼻腔《びこう》を刺激し、馥郁《ふくいく》と胸に沁み込んでいった。

舌を挿《さ》し入れると、淡《あわ》い酸味のヌメリが迎え、彼は息づく膣口からオサネまでゆっくり舐め上げていった。

「アアッ……！」

弥生が熱く喘ぎ、引き締まった下腹をヒクヒク波打たせた。

大悟は匂いに酔いしれながら大きなオサネに吸い付き、新たに溢れる淫水をすすった。

さらに尻の真下に潜り込み、顔中に双丘を受け止めながら、谷間の蕾《つぼみ》に鼻を埋めて微香を嗅ぎ、舌を這わせてヌルッと潜り込ませた。

「く……！」

弥生が呻き、肛門でキュッキュッときつく舌先を締め付けてきた。大悟も舌を蠢かせ、滑らかな粘膜を味わった。

やがて彼が弥生の前も後ろも存分に舐め回すと、

「も、もう駄目……、今度は姫様に……」

弥生が息を詰めて言い、快楽への未練に懸命に抗《あらが》い身を震わせながら、ようやく股間を引き離していった。

すると千津も自分から身を進め、彼の顔に跨がってしゃがみ込むと、ためらいなく股間を迫らせてきた。

見上げると、ぷっくりした割れ目から花びらがはみ出し、やはり弥生に負けないほど大量の蜜汁にネットリとまみれていた。

若草に鼻を埋め込むと、弥生ほど濃厚ではないが、汗とゆばりの匂いが悩ましく蒸れ、嗅ぐたびに鼻腔を刺激してきた。

舌を挿し入れると、やはり淡い酸味のヌメリが満ち、彼は生娘《きむすめ》でなくなったばかりの膣口の襞《ひだ》を掻《か》き回し、味わいながら小粒のオサネまでゆっくり舐め上げていった。

「アアッ……！」

千津がビクッと反応して喘ぎ、思わず座り込みそうになって、懸命に彼の顔の両側で足を踏ん張った。

大悟もチロチロとオサネを刺激しては、トロトロと溢れる蜜汁をすすり、充分に味わってから尻の真下に潜り込んでいった。

谷間の蕾に鼻を埋めて嗅ぐと、やはり姫様も町娘もさして変わらぬ匂いが蒸れて籠もり、悩ましく鼻腔を刺激してきた。

彼は舌を這わせて襞を濡らし、ヌルッと潜り込ませて滑らかな粘膜を探った。

「あん……！」

千津が呻き、可憐な肛門でキュッときつく舌先を締め付けてきた。

大悟が内部で舌を蠢かせると、再び一物が生温かなものに包まれた。

千津の身体で見えないが、どうやら待ちきれず、弥生がしゃぶり付いて唾液にヌメらせているようだ。

「姫様、お先に入れます……」

弥生が口を離して言い、そして一物に跨がってゆっくりヌルヌルッと膣口に受け入れていった。

「アア……、いい気持ち……」

弥生が完全に座り込み、密着した股間をグリグリ擦り付けながら喘いだ。

そして前にいる千津の背にもたれかかり、味わうように締め付けながら徐々に腰を遣いはじめていった。

大悟も快感に包まれたが、さっき射精したばかりなので暴発の心配はない。

弥生が腰を動かす間にも、大悟は千津の前も後ろも存分に味わい尽くした。

「ああ、いい気持ち……」

千津が喘ぐと、弥生も次第に動きを早め、大量の淫水を漏らしてクチュクチュと音を立てていた。

「い、いく……、アアーッ……！」

たちまち弥生が声を上ずらせ、ガクガクと狂おしい痙攣《けいれん》を起こして気を遣《や》ってしまった。

膣内の収縮にも負けず、大悟は保ち続けた。

「ああ……、良かった……」

やがて弥生が満足げに声を洩《も》らし、動きを止めてグッタリとなった。

そして股間を引き離し、ゴロリと横になると、今度はすぐにも千津が移動して跨がってきた。

弥生の淫水にまみれた先端に割れ目を押し付け、千津は息を詰めてゆっくり座り込み、膣口に受け入れていった。

再び一物は、微妙に異なる温もりと締め付けの中に、ヌルヌルッと滑らかに収まっていった。

「ああッ……！」

千津が顔を仰《の》け反《ぞ》らせて喘ぎ、キュッときつく締め付けてきた。

大悟も狭く熱い柔肉《やわにく》の中で幹を震わせ、快感を味わった。

すると千津は、上体を起こしていられなくなったように身を重ね、彼も両手を回して抱き留めた。

まだ動かず、潜り込むようにして千津の乳首に吸い付くと、何と隣で余韻《よいん》に浸《ひた》っていたはずの弥生も乳房を割り込ませてきたのである。

まだ愛撫されていない場所なので、姫君にさえ対抗意識を燃やしたのかも知れない。

大悟は千津の膣内に締め付けられながら、二人分の乳首を順々に含んで舌で転がし、顔中で柔らかな膨《ふく》らみを味わった。

さらに二人の腋《わき》の下にも順々に鼻を擦りつけ、生ぬるく湿った腋毛に籠もる、濃厚に甘ったるい汗の匂いも貪った。

やがて快感が高まると、大悟はズンズンと小刻みに股間を突き動かし、何とも心地よいヌメリと肉襞の摩擦を味わいはじめた。

「アア……、い、いい気持ち……」

千津も、すっかり挿入の痛みを克服《こくふく》して喘ぎ、ぎこちなく彼の動きに合わせて腰を遣いはじめた。

やはり弥生の凄《すさ》まじい絶頂を目《ま》の当たりにしたので、自分も快楽を得たいと貪《どん》欲《よく》になっているのだろう。

溢れる蜜汁ですぐにも動きがヌラヌラと滑らかになり、摩擦音も響いてきた。

大悟も高まり、両膝を立てて本格的に股間を突き上げ、下から千津に唇《くちびる》を重ねていった。

すると再び弥生が割り込んできて、三人で唇を合わせ、舌をからめることとなった。

大悟はそれぞれの滑らかな舌を味わい、混じり合った唾液をすすった。

「もっと唾《つば》を出して下さい……」

囁《ささや》くと、二人とも懸命に分泌《ぶんぴつ》させて唇をすぼめ、白っぽく小泡の多い唾液を交互にトロトロと彼の口に吐き出してくれた。

舌に受けて味わい、彼は二人分の生温かな唾液でうっとりと喉を潤《うるお》した。

「ああ……、奥が、熱い……」

その間も突き上げが続き、千津が口を離して喘いだ。

大悟も、もう快感に腰が止まらず絶頂を目指して突き進んだ。

そして二人の顔を引き寄せ、それぞれの口に鼻を擦りつけて熱く湿り気ある息を嗅ぎ、胸をいっぱいに満たした。

唾液の匂いに混じり、弥生の花粉臭の息と、千津の甘酸っぱい果実臭の吐息が彼の鼻腔を悩ましく掻き回した。

これほど贅沢《ぜいたく》な快感があるだろうか。

たちまち大悟は、気遣いも忘れて激しく股間を突き上げ、二人分の吐息を嗅ぎながら昇り詰めてしまった。

「い、いく……!」

彼は突き上がる大きな快感に口走り、ありったけの熱い精汁をドクンドクンと勢いよく姫君の内部にほとばしらせた。

「あ、熱いわ……」

噴出を感じた千津が言い、ヒクヒクと肌を小刻みに痙攣させた。まだ本格的に気を遣ったわけではないが、淫水の量と収縮が増していたから、この分なら間もなく本格的な絶頂が得られることだろう。

大悟は快感を嚙み締め、心置きなく最後の一滴まで出し尽くしていった。

「ああ……」

すっかり満足して喘ぎ、彼は突き上げを止めた。すると千津も力尽きたように肌の強ばりを解き、グッタリともたれかかってきた。

まだ息づく膣内でヒクヒクと過敏に幹を震わせ、大悟は二人分の吐息を嗅ぎながら、うっとりと快感の余韻を嚙み締めたのだった。

三

「どうか二人で、ゆばりを放って下さい……」

井戸端で、身体を流し合ったあと大悟は、簀《す》の子に座って二人に言った。

「こう……？」

千津が言い、二人で立ち上がったので、彼は左右の肩にそれぞれ跨がらせて顔に股間を向けさせた。

顔を向け、茂みに鼻を擦りつけて嗅いだが、やはり濃かった匂いも薄れてしまった。それでも割れ目を舐め回すと、二人とも新たな淫水を漏らして舌の動きを滑らかにさせた。

「アア、出そう……」

千津が言い、弥生も下腹に力を入れて尿意を高めてくれた。

「あう、出る……」

やがて千津が声を震わせ、同時にチョロチョロと熱い流れをほとばしらせてきた。それを大悟は口に受け止め、淡い味と匂いを堪能しながらうっとりと喉を潤した。

すると弥生も放尿を開始し、勢いを付けて彼の肌に注いできた。

大悟はそちらにも顔を向けて味わい、千津よりやや濃い流れを飲み込んだ。

その間も二人分の流れが肌に注がれ、混じり合った匂いを漂《ただよ》わせながら、温かく彼の股間まで濡らした。

一物は、みたびムクムクと鎌首を持ち上げはじめていた。やはり二人が相手だと、回復も倍の速さのようである。

「ああ、旦那《だんな》様になる人にゆばりを浴《あ》びせるなんて、変な気持ち……」

千津が声を震わせて言う。どうやら自分の中では、もう大悟と一緒になる気が満々のようだった。

やがて二人の流れが治まり、彼は交互に陰戸を舐めて余りの雫《しずく》をすすった。二人ともヌラヌラと新たな淫水を漏《も》らし、もう千津は激しい挿入にも出血していなかった。

二人は股間を引き離し、もう一度三人で水を浴びてから身体を拭《ふ》き、全裸で部屋の布団に戻っていった。

「私はもう充分。弥生がするところを見せて」

千津が言い、添い寝して見物を決め込んだ。気心の知れている弥生なら、大悟と交《まぐ》わっても妬心《としん》は湧《わ》かないようだ。

それに大悟との婚儀を実現させるためには、弥生の父である家老の協力も必要になるだろう。

「では……」

弥生は言い、彼女ももう一回しなければ治まらないほど淫気を高めているようだった。

「また私が上でもいいですか」

「もちろんです」

彼が仰向けになって答えると、弥生は屈み込んで亀頭をしゃぶり、充分に濡らしてから身を起こして前進した。

大悟の股間に跨がり、先端に陰戸を押し付け、味わいながらゆっくり腰を沈めて受け入れるその様子を、横から千津が覗《のぞ》き込んでいた。

ヌルヌルッと一物が膣口に呑み込まれ、股間が密着すると、

「アアッ……！」

完全に座り込んだ弥生が、ビクッと顔を仰け反らせて喘いだ。

大悟も温もりと感触を味わい、中でヒクヒクと幹を震わせた。

弥生は脚を立てたまま身を重ね、大悟の顔の左右に両手を突いて唇を重ねてきた。長い両手両足が身体を支えているので、彼は何やら巨大な雌蜘蛛《めすぐも》に犯されているような気がしたものだ。

舌が潜り込んだので彼もネットリとからめ、生温かな唾液に濡れて蠢く舌を味わった。

弥生も、彼が好むのを知ったので、ことさら多めの唾液をトロトロと口移しに注いでくれた。

そして徐々に腰を遣いはじめるので、大悟もズンズンと股間を突き上げて動きを合わせた。たちまち溢れる淫水が互いの股間を生温かく濡らし、ピチャクチャ

と淫らな音が聞こえてきた。

すると今度は、横から千津が唇を割り込ませてきたのだ。

大悟は彼女の舌も舐め回し、清らかな唾液をすすり、二人分の混じり合った吐息の匂いに高まった。

ふと気づくと千津が息を弾《はず》ませ、自分でオサネをいじっているではないか。

いかに姫様育ちでも、一度知った快楽には貪欲なのだろう。

大悟は彼女の陰戸に指を這わせ、代わりにオサネをいじってやった。

「ああ、大悟、そこ……」

千津も身を任せて喘ぎ、横から肌を寄せてきた。

その間にも弥生の腰の動きは激しくなり、大悟も強めに股間を突き上げて膣内を掻き回してやった。

「ああ、いきそう……」

「私も……」

二人が高まって、熱くかぐわしい息を弾ませた。

「顔中、舐めて濡らして下さいませ……」

大悟も絶頂を迫らせて言うと、二人は舌を這わせ、彼の鼻の穴から頬、瞼《まぶた》から口の周りまで混じり合った唾液で生温かくヌルヌルにまみれさせてくれた。

大悟は、二人分の唾液のヌメリと吐息の匂いに高まり、肉襞の摩擦の中で絶頂に達してしまった。

「い、いく……!」

突き上がる快感に呻き、勢いよく精汁を注入すると、

「き、気持ちいい……、アアーッ……!」

噴出を受けた途端に気を遣り、弥生は声を上ずらせながらガクガクと狂おしい痙攣を開始した。

大悟は射精しながらも、千津のオサネをいじっていたら、

「アアッ……!」

千津も声を上げて身をくねらせ、気を遣ってしまったようだった。

三人で快感を貪り、やがて大悟は射精し尽くしてグッタリと身を投げ出していった。

弥生も満足げに硬直《こうちょく》を解いて彼に体重を預け、千津も荒い呼吸を繰り返しながら力を抜いていった。

大悟は密着する二人分の温もりを味わい、混じり合った吐息を嗅ぎながら、う

っとりと快感の余韻に浸り込んでいった。

やがて弥生が股間を引き離し、千津とは反対側にゴロリと横になり、左右から彼を挟み付けてきた。

「大悟が爺《じい》の養子になって夫婦になったら、弥生は私の姉上になるのね……」

「いえ、大悟殿の望みは家名の存続なので、養子ではなく預かりになり、それなら梶沢姓は残りましょう」

千津と弥生が話すのを聞き、何やら大悟は、自分の与《あずか》り知らぬところでどんどん話が進んでいることに気づき、とても現実のこととは思えなかった。

とにかく藩士に戻るにしろ、畏れ多いが千津と一緒になるにしろ、父の汚名が返上されなければ実現できないだろう。

逆にそれだけ、辰之助と儀兵衛の不正が暴かれる兆《きざ》しが強くなっていた。

しかも、事が家老や姫君にまで及んでしまっては、もう琴音は何ら異論など申し立てられない。

「私、大悟の長屋で暮らしてみたい」

千津が、彼に身を寄せながら言った。

「そ、それは無理です。厠は外ですし、井戸端で洗濯や七輪《しちりん》で魚を焼いたりしなければならないのですよ」

大悟は呼吸を整えながら言った。

「いずれは家を構えるでしょうけど、ほんの半月、いえ、三日でも良いから長屋暮らしをしてみたい」

千津は、自分の夢を思い描くように言ったが、まず、三日でも無理だろうと大悟は思った。

「とにかく、吉報《きっぽう》を待ってくれ。藩内のことで大悟殿は動けぬだろうから、私たちに任せて欲しい」

「し、しかし……」

「分かっている。琴音とその子に不幸が及ばぬよう配慮は忘れぬ」

弥生が言い、大悟もそれ以上は何も言えなかったのだった。

四

「相手に会ってきました。大人《おとな》しい人なので、大丈夫と思います」

翌日の昼過ぎ、長屋に咲がやってきて、手習いの後片付けを手伝ってくれながら言った。婿になる男に会ってきたようだ。

「そう、お咲ちゃんと、美保さんが良いと思うなら大丈夫だろう」

大悟は、少し寂しい気持ちになりながら答えた。

しかし咲は、大悟への好意を抱きながら、どうせ一緒になるのは無理と諦《あきら》めているので、すでに新たな暮らしに思いを馳《は》せているようだった。

「おっかさんも善は急げとばかりに話を進め、来月の吉日には婚儀になるかも」

「それは急だね」

「ええ、これからはあまりここへは来られなくなるかも知れません」

咲は言い、片付けと戸締まりを終えると、自分からてきぱきと床を敷き延べてしまった。

もちろん大悟も、彼女が来たときから淫気を高めていたので、あとは互いに無言で脱ぎはじめ、すぐに二人は一糸まとわぬ姿になったのだった。

大悟は激しく勃起しながら、布団に仰向けになった。

「あまり会えなくなるなら、好きなようにしてくれるかな」

「ええ、構いませんけれど、また跨ぐのですか……」

大悟が言うと、咲もすっかり彼の性癖を承知したようで、モジモジと尻込みしながら答えた。

「うん、その前に、ここに立って足を顔に乗せて」

「まあ！　どうしてそんな無理なことばかり……」

せがむと咲はビクリと身じろぎ、それでも興奮と好奇心に突き動かされるように、そろそろと彼の顔の横に立った。

「さあ……」

足首を摑んで引き寄せると、

「あん……」

咲は声を洩らし、壁に手を付いて身体を支えながら片方の足を浮かせ、ガクガクと膝を震わせながらそっと彼の顔に足裏を乗せてきた。

大悟も、やはり自分より上位である弥生や千津に踏まれるより、町娘の足裏を感じる方が興奮を増させた。

足を押さえて舌を這わせ、縮こまった指の間に鼻を割り込ませて嗅ぐと、今日もそこは汗と脂に湿り、蒸れた匂いが濃く沁み付いていた。

爪先にしゃぶり付き、順々に指の股にヌルッと舌を挿し入れて味わうと、

「あう……！」

咲が声を洩らし、立っていられないほど身悶えはじめた。

大悟は全ての指をしゃぶってから足を交代してもらい、そちらも新鮮な味と匂いを貪り尽くしたのだった。

「じゃ跨いでしゃがんで」

彼は言い、足首を摑んで顔の左右に置くと、咲も息を震わせながら、厠に入ったようにゆっくりとしゃがみ込んできた。

脹《ふく》ら脛《はぎ》と内腿がムッチリと張り詰め、ぷっくりと丸みを帯《お》びた割れ目が鼻先に迫ると、生ぬるい熱気と湿り気が顔を撫《な》でた。

「アア……、良いのですか、こんなこと……」

咲は可哀想《かわいそう》なほど身を震わせ、か細く喘ぎながら言った。

割れ目からはみ出した桃色の花びらが蜜汁に濡れ、指で広げると快感を知りはじめた膣口が息づいていた。

大悟は腰を抱き寄せ、柔らかな若草に鼻を埋め、蒸れて籠もる汗とゆばりの匂いで鼻腔を満たしながら、舌を挿し入れていった。

淡い酸味のヌメリを探り、膣口の襞からオサネまで味わいながら舐め上げていくと、

「ああッ……！」

咲が声を上げ、思わずギュッと股間を彼の顔に押しつけてきた。

大悟は匂いに酔いしれながらチロチロとオサネを刺激し、溢れて滴《したた》る蜜汁をすすった。

さらに尻の真下に潜り込み、弾力ある双丘を顔中に受け止めながら、谷間の蕾に籠もった微香を貪り、舌を這わせてヌルッと潜り込ませた。

「あう、駄目……」

咲が呻き、キュッと肛門で舌先をきつく締め付けてきた。

大悟は舌を蠢かせて滑らかな粘膜を味わいながら、つくづく一国の姫君も商家の町娘も同じ味と匂いなのだなと思った。

そして再び陰戸に戻ってオサネに吸い付くと、

「ね、ゆばりを放って」

彼は胸を高鳴らせてせがんだ。

「そ、そんな、無理です。こんなところで……」

咲は驚いたように言ったが、大悟は彼女のもがく腰を抱え込んで押さえた。

「可愛《かわい》いお咲ちゃんの出したものなら、こぼさずに飲んでしまうから、どうか少しでも良いので」

大悟は執拗《しつよう》に求めながら、陰戸に舌を這わせて吸い付いた。

「アア……、そんなこと……」

刺激されて、咲も次第に朦朧となり声を上ずらせた。

そして吸われるうち尿意も高まったか、何度か下腹をヒクヒク波打たせるうち、柔肉の蠢きが増して温もりと味わいが変わった。

「あう、出ちゃう……」

咲が言うなり、チョロッと熱い流れが漏れ、彼の舌を濡らした。

いったん放たれると、もう止めようもなくチョロチョロと弱い流れが彼の口に注がれてきた。

大悟も、仰向けなので噎せないよう気をつけながら夢中で喉に流し込んだ。

味も匂いも確かめる余裕はないが、それは抵抗なく飲み込むことが出来た。

「ああ……」

咲は声を洩らし、一瞬勢いを増したが、あまり溜まっていなかったようで間もなく流れは治まった。

大悟もこぼさず飲み干せたことが嬉しく、鼻に抜ける悩ましい残り香を味わいながら余りの雫をすすった。

「も、もう堪忍《かんにん》……」

咲がか細く言って股間を引き離してきたので、大悟は彼女の顔を股間へと押しやった。彼女も素直に移動し、愛撫する側に回ると安心したように彼の股間に腹這いになった。

股を開くと、彼女はふぐりを舐め回しはじめた。

「ああ、気持ちいい……」

大悟は熱い息を受けながら、舌で睾丸を転がされて喘いだ。

「ここ嚙んで」

内腿を指して言うと、

「嚙むんですか……?」

また咲は緊張を甦《よみがえ》らせたように訊《き》いてきた。

「うん、両側とも強く」

せがむと咲も大きく口を開き、内腿の肉をくわえてキュッと軽く嚙んでくれ、大悟は甘美な刺激に幹を震わせた。

「もっと強く、痕《あと》になってもいいから」

言うと咲も、やや力を込め、彼の両の内腿を嚙んで刺激してくれた。

「じゃ、ここは嚙まないでね」

彼が一物を指して言うと、咲も身を乗り出し、肉棒の裏側を舐め上げてきた。

滑らかな舌が先端まで来て、粘液の滲む鈴口が舐め回され、さらに彼女は張り詰めた亀頭にしゃぶり付き、スッポリと根元まで吞み込んでくれた。

生温かく濡れた口腔に包まれ、大悟は大きく息を吸い込んでうっとりと快感を嚙み締めた。

咲は幹を丸く締め付けて吸い、熱い鼻息で恥毛をくすぐりながら、口の中ではクチュクチュと舌をからめてくれた。

「ああ、気持ちいい……」

大悟は喘ぎ、小刻みにズンズンと股間を突き上げた。

「ンン……」

咲は先端で喉の奥を突かれて小さく呻き、たっぷりと唾液を出して肉棒を心地よく浸してくれた。

そして突き上げに合わせて顔を上下させ、スポスポと無邪気な音を立てて摩擦してくれ、大悟も急激に高まっていった。

「い、いきそう。跨いで上から入れて……」

大悟が言うと咲も動きを止め、チュパッと口を離して顔を上げた。

彼が手を握って引っ張ると、咲も武士を跨ぐためらいに尻込みしながらも前進してきた。

股間を突き出すと、彼女も自らの唾液に濡れた先端に割れ目を押し当て、ゆっくり腰を沈めて膣口に受け入れていった。

張り詰めた亀頭が潜り込むと、あとはヌメリと重みでヌルヌルッと滑らかに根元まで嵌まり込み、彼女はぺたりと座り込んで股間を密着させた。

「ああッ……！」

咲が顔を仰け反らせて喘ぎ、大悟も肉襞の摩擦と温もり、きつい締め付けに包まれて快感を味わった。それでも、初回ほどの痛みもないようで、膣内が一物を確かめるようにキュッキュッと締まった。

大悟は両手を伸ばし、咲を抱き寄せて両膝を立てた。

そして顔を上げ、身を重ねてくる咲の乳房に顔を埋め、桜色の乳首にチュッと吸い付いて舌で転がした。

「痛くない？」

「ええ、大丈夫です……」

訊くと咲が健気《けなげ》に答え、彼は左右の乳首を順々に含んで舐め回し、腋の下にも鼻を埋め、湿った和毛《にこげ》に籠もる甘ったるい汗の匂いで胸を満たした。

可愛らしい体臭に噎せ返りながら、大悟は徐々にズンズンと股間を突き上げはじめた。すると大量に溢れる蜜汁で、たちまち律動がヌラヌラと滑らかになっていったのだった。

五

「アア……、い、いい気持ち……」

咲が熱く喘ぎ、突き上げに合わせて腰を遣いはじめた。やはり成長が早く、挿入の快楽に目覚めはじめたようだった。

大悟は彼女の首筋を舐め上げ、下からピッタリと唇を重ね、舌を挿し入れて滑らかな歯並びを舐め回した。

「ンン……」

咲も歯を開いて呻き、チロチロと舌をからみつけてくれた。生温かな唾液に濡れた舌が滑らかに蠢き、彼は滴る唾液をすすってうっとりと喉を潤した。

快感に任せて突き上げを強めると、

「ああン……」

咲が口を離して喘ぎ、溢れる淫水が互いの股間を生温かく濡らした。

「ここ噛んで」

頰を差し出して言うと、

「そんなに噛まれるの好きなんですか……」

咲が息を弾ませて答え、そっと頰に歯を立ててくれた。

「ああ、もっと強く、こっちも……」

大悟が喘いで反対側の頰も差し出すと、彼女は綺麗な前歯を立て、咀嚼《そしゃく》するようにモグモグと動かした。

「唾も飲ませて」

甘美な刺激に高まり、さらにせがむと、咲も懸命に唾液を溜め、愛らしい唇をすぼめ、白っぽく小泡の多い唾液をクチュッと垂らしてくれた。

舌に受けて味わい、うっとりと喉を潤し、彼は絶頂を迫らせていった。

「顔にもペッて吐きかけて」

「また、そ、そんなことを……」

言うと咲はためらい、膣内の収縮を活発にさせた。

弥生あたりなら造作もなくやってのけようが、咲はためらい、再三促すとようやくペッと吐きかけてくれた。

甘酸っぱい息とともに、唾液の固まりが生ぬるく鼻筋を濡らした。

「ああ、どうしてこんなことをさせるんです……」

咲が、困って詰《なじ》るように言った。

「可愛い子にされると嬉しいんだ。でもお婿にしちゃいけないよ」

「もちろんです。癖《くせ》にならないように気をつけます……」

咲が言い、彼はさらに動いて肉襞の摩擦に高まった。

「ああ、いきそう……」

大悟は喘ぎながら、さらに彼女の開いた口に鼻を押し込み、胸の奥が切なくなるほどかぐわしい果実臭の息を嗅いだ。

「いい匂い……、いく……！」

美少女が惜しみなく吐き出す息の湿り気と可愛い匂いで鼻腔を満たされ、大悟は股間を突き上げながら口走り、たちまち大きな絶頂の快感に全身を貫かれてしまった。

ありったけの熱い精汁がドクンドクンと勢いよくほとばしり、柔肉の奥深くを直撃すると、

「あ、熱いわ……、いい気持ち……！」

噴出を受けた咲も声を上げ、ガクガクと狂おしい痙攣を開始した。まだ完全に気を遣ったとは言えないが、これで生娘《きむすめ》だった咲もほぼ一人前の女になったようだった。

大悟は収縮する膣内で快感を味わい、心置きなく最後の一滴まで出し尽くしていった。すっかり満足しながら徐々に突き上げを弱めていくと、

「アア……」

咲も声を洩らし、徐々に肌の強ばりを解いて力を抜くと、グッタリともたれかかってきた。

彼は咲の重みと温もりを受け止め、まだ息づく膣内でヒクヒクと過敏に幹を震わせた。そして熱く甘酸っぱい吐息を間近に嗅ぎながら、うっとりと快感の余韻に浸り込んでいったのだった。

「ああ、今のは何……」

咲が息を弾ませ、独りごちるように言った。

「半分ぐらい気を遣ったんだろうと思う。オサネをいじって果てるのとは、また違った感じでしょう」

「ええ……、恐いぐらい、大きな波が押し寄せたように……」

囁くと、咲は自身のうちに芽生えた未知の感覚を探るように、息を震わせて答えたのだった……。


咲を途中まで送った帰り道、大悟はまた吉岡辰之助と、その一行に出くわした。どうやらまた連れだって飲みにでも行く途中なのだろう。

目付に就任したのに、まだまだお山の大将でいたい気分が抜けないようだった。

「おい、梶沢。お前すでに藩士でもないくせに、弥生様と組んで何を画策《かくさく》しているのだ」

今日はまだ酔《よ》っていないようだが、辰之助は顔を真《ま》っ赤《か》にさせて大悟に詰め寄ってきた。

しかし他の腰巾着《こしぎんちゃく》たちは、大悟を見て困ったような表情を浮かべていた。

「弥生様を誑《たぶら》かして、藩に災いをもたらすようなら斬《き》るぞ」

辰之助が鯉口《こいくち》を切り、眼光鋭《がんこうするど》く大悟に迫った。

しかし、連中の一人が辰之助に近づき、何やら耳打ちをした。

「な、何……、こいつがご家老の養子になり、姫様と婚儀を……？」

辰之助は目を丸くし、まじまじと大悟を見つめた。

どうやら、そんな噂《うわさ》が藩内に広まりはじめ、耳の早い一人が辰之助に言ったようだ。

大悟が帰参《きさん》するということは、辰之助の旧悪が明るみに出るということであり、腰巾着たちもそろそろ彼との交際をためらいはじめているようだった。

それほど辰之助は不用意に、酔うたびに裏工作で定番組頭《じょうばんくみがしら》の娘を娶《めと》ったと吹《ふい》聴《ちょう》しているので、連中も辟易《へきえき》しはじめているのだろう。

「そ、それは本当か、梶沢！」

辰之助は、家老と姫君という上位の名を出され、相当に狼狽《ろうばい》して言った。

「私は存じません。本当なら、噂ではなく正式に知れ渡ることでしょう」

「ううむ……」

辰之助は唸《うな》り、いきなり踵《きびす》を返すと、足早に立ち去っていった。

残った腰巾着も、曖昧《あいまい》に大悟に頭を下げると、急いで辰之助を追っていった。

あるいは、今度は大悟の子分になりたいような態度にも見えた。

それを見送り、大悟は長屋へと戻った。

すると、そこにお高祖頭巾《こそずきん》の琴音が来て待っていたのである。

「あ、お越しでしたか。お待ちを」

大悟は言い、開けて彼女を招き入れた。

「今日は急ぎますので、お話のみお伝えに」

彼が心張り棒《しんばりぼう》を嚙ますのを見ながら上がり込み、琴音が頭巾を取って言った。

「どうしました、お顔の色が優《すぐ》れぬ様子ですが」

「実家の父から伺《うかが》ったお話は二つ」

端座《たんざ》した琴音は、重々しく言った。

「先ほど、吉岡儀兵衛様が、割腹《かっぷく》して果てました」

「何と！」

彼女の言葉に、大悟は淫気を吹き飛ばして驚いた。それが本当なら、先ほど別れた辰之助は、まだそのことを知らないのだろう。

「ど、どういうことです……」

「詳しくは存じませんが、遺書には、梶沢善吾郎様の帳簿不正は自分の見誤りであり、潔《いさぎよ》く切腹されたため決まり通り改易《かいえき》にしたものの長く心に残っていたことを告白する、とありました」

「そ、それで……」

「新たな目付になった息子は与り知らぬことなれば、責めは自分のみにあり。早急に梶沢家存続のため大悟殿を帰参せしむるようにと」

「そんな、今頃になって……」

大悟は唸りながら言った。

おそらくは姫と大悟の婚儀の噂で、儀兵衛は吉岡家に後顧《こうこ》の憂《うれ》いなきよう自分一人で罪を背負った形なのだろう。

「今宵《こよい》は藩邸で重役たちが集まり、事の仔細《しさい》を談合するようで、うちの旦那様を皆で探しているとのこと」

「ああ、先ほど会ったので、間もなく呼ばれて藩邸へ行くことでしょう」

大悟は嘆息《たんそく》し、とにかく琴音とその子の安泰《あんたい》はほぼ落着《らくちゃく》のようだった。

「もう一つのお話とは？」

大悟が訊くと、また琴音は重々しく口を開いた。

「私が申し上げることではありませんが、姫様と大悟様の婚儀のお許しが出たようです」

「ううむ……」

言われて大悟は、さっきの辰之助のように沈痛《ちんつう》な面持ちで呻いた。

そして琴音の話をようやく把握《はあく》すると、急激に彼は淫気を甦らせてしまったのだった……。

第六章　快楽の日々よ、いつまで

一

「お話は分かりました。では、お脱ぎ下さいませ」

大悟は立ち上がって言い、琴音の着物に手をかけた。

「い、いけません、このような時に……」

琴音は心外《しんがい》そうに答えたが、彼の淫気は止まらなかった。

いま吉岡家は大変なときだろうが、まずは重臣たちの談合が行われているということは、早くても通夜《つや》は明日だろうし、辰之助も今宵《こよい》は藩邸に泊まることになろう。

「長引かせませんから、どうかお早く」

大悟は言い、自分から手早く脱ぎはじめた。そして琴音の帯に手をかけると、彼女も混乱しながら、やがて自分から脱いでいった。

あるいは夫に与えられない快楽が身の内に疼《うず》き、大悟の淫気に巻き込まれたのかも知れない。

たちまち互いに一糸《いっし》まとわぬ姿になると、大悟は手早く敷いた床《とこ》に琴音を横たえ、足の裏から舌を這《は》わせていった。

「く……、そのようなところから……」

琴音が身をよじらせて言い、彼は指の股《また》に沁《し》み付いた汗と脂《あぶら》の湿り気を嗅《か》ぎ、蒸《む》れた匂いに悩ましく鼻腔《びこう》を刺激された。

そして爪先《つまさき》にしゃぶり付き、順々に指の間に舌を割り込ませていくと、

「アア……！」

琴音が熱く喘《あえ》ぎ、ヒクヒクと柔肌《やわはだ》を震わせて、されるままになっていった。

大悟は全ての指の股を味わい、もう片方の爪先も味と匂いが薄れるほど貪《むさぼ》ってから、股を開かせて脚の内側を舐《な》め上げていった。

白くムッチリした内腿《うちもも》をたどり、熱気の籠《こ》もる股間に顔を埋めると、柔らかな恥毛に籠もる汗とゆばりの匂いが馥郁《ふくいく》と胸に沁み込んできた。

胸いっぱいに嗅ぎながら舌を挿《さ》し入れると、まだそれほど濡れていなかったが膣口を掻《か》き回すと徐々に滑《なめ》らかになっていった。

次第に溢れてくる淡《あわ》い酸味のヌメリに合わせ、柔肉をたどってオサネまで舐め上げていくと、

「く……！」

琴音が懸命に奥歯を嚙《か》み締めて呻《うめ》き、張りのある内腿でキュッときつく彼の両頰《ほお》を挟《はさ》み付けてきた。大悟は執拗《しつよう》に舌先でオサネを弾《はじ》くように舐めては、生ぬるい淫水をすすった。

さらに彼女の両脚を浮かせ、白く豊満な尻の谷間に鼻を埋め、顔中に双丘を感じながら蕾《つぼみ》に籠もる蒸れた匂いを貪った。

秘めやかな匂いで鼻腔を刺激されてから、舌を這わせて細かに収縮する襞《ひだ》を濡らし、ヌルッと潜《もぐ》り込ませて滑らかな粘膜を探ると、

「あう……、駄目……」

琴音がか細く呻き、肛門で舌先を締め付けてきた。

大悟は舌を蠢《うごめ》かせ、脚を下ろして再び陰戸を舐め、さらに這い上がって豊かな乳房に顔を埋めていった。

のしかかりながら左右の色づいた乳首を交互《こうご》に吸うと、今日も生ぬるく薄甘い乳汁が滲《にじ》んできた。

彼は舌を濡らし、甘ったるい匂いで胸を満たしながら両の乳首を心ゆくまで味わった。さらに腕を差し上げ、色っぽい腋毛《わきげ》の煙《けぶ》る腋に鼻を擦《す》りつけ、濃厚な汗の匂いに噎《む》せ返った。

琴音は、少しもじっとしていられないようにクネクネと身悶《みもだ》え、いつしか必死に両手で彼の顔を胸に抱きすくめていた。

大悟は仰《あお》向《む》けになり、琴音の顔を股間に押しやると、彼女も素直に移動していった。

股間に熱い息が籠もり、彼女は舌を這わせて粘液の滲む鈴口を探り、張り詰めた亀頭をくわえてスッポリと喉《のど》の奥まで呑《の》み込んだ。

「アア……」

今度は大悟が喘ぐ番である。

彼女が幹を締め付けて吸い、クチュクチュと舌をからめるたび、唾液《だえき》にまみれた肉棒がヒクヒクと歓喜に震えた。

「ンン……」

琴音も、先端を喉の奥に触れさせて呻き、いつしか夢中になって一物を貪っていた。

「ああ……、では跨《また》いで入れて下さいませ……」

すっかり高まった大悟が言うと、琴音もスポンと口を引き離して顔を上げた。彼が手を握って引っ張ると、琴音も恐る恐る前進して一物に跨がってきた。

そして無言で先端に陰戸を押し当て、息を詰めてゆっくり腰を沈み込ませていった。

張り詰めた亀頭が潜り込み、あとはヌルヌルッと滑らかに根元まで嵌《は》まり込むと、何とも心地よい肉襞の温もりが彼を包み込んだ。

「アアッ……！」

琴音が顔を仰《の》け反《ぞ》らせて喘ぎ、完全に座り込むと、密着した股間をきつく押しつけてきた。

大悟は快感を嚙み締めながら両手を伸ばし、身を重ねてきた琴音を抱き留め、両膝《ひざ》を立てて豊満な尻を支えた。

顔を引き寄せて下から唇を重ね、舌を挿し入れると彼女もすぐにお歯黒の歯を開いて受け入れ、舌を触れ合わせてきた。

ネットリとからみつけると、生温かな唾液に濡れた舌が滑らかに蠢き、彼女が下向きのため、トロトロと滴《したた》る唾液をすすって喉を潤《うるお》した。

味わいながらズンズンと股間を突き上げはじめると、

「ああ……」

琴音が淫らに唾液の糸を引いて口を離し、熱く喘ぎながら動きを合わせて腰を遣った。

いつしか淫水が大量に溢れ、ふぐりの脇を伝って彼の肛門の方まで生温かく濡らし、ピチャクチャと淫《みだ》らに湿った摩擦音が聞こえてきた。

喘ぐ口に鼻を押し付けて熱い息を嗅ぐと、甘い花粉臭が悩ましく濃厚に鼻腔を刺激してきた。

「ああ、息の匂いですぐいきそう……」

執拗《しつよう》に嗅ぎながら呟《つぶや》くと、琴音は羞《は》じらいながらも喘ぎが治まらず、惜しみなく熱い息で彼の鼻を湿らせてくれた。

その間も互いの動きは続き、股間をぶつけ合うほど激しくなっていった。

膣内の収縮も活発になり、とうとう先に琴音がガクガクと狂おしい痙攣《けいれん》を起こし、気を遣《や》ってしまったのである。

多くのことがあり、その混乱の中で気を紛《まぎ》らすように、身も心も快楽にのめり込んでいるようだった。

「す、すごい……、アアーッ……！」

琴音が声を上ずらせて喘ぎ、粗相《そそう》したかと思えるほど大量の淫水を漏《も》らして互いの股間をビショビショに濡らした。

その収縮に巻き込まれるように、続いて大悟も絶頂に達した。

「く……！」

突き上がる快感に短く呻き、彼はありったけの熱い精汁をドクンドクンと勢いよく柔肉の奥にほとばしらせた。

「あう……！」

噴出を感じた琴音が、駄目押しの快感を得たように呻き、キュッときつく締め上げてきた。

大悟は下からしがみつきながら激しく股間を突き上げ、琴音の熱く甘い吐息で胸を満たしながら大きな快感を嚙み締め、心置きなく最後の一滴まで出し尽くしていった。

すっかり満足して突き上げを弱めていくと、

「アア……、もう駄目……」

琴音も力尽きたように声を洩《も》らし、肌の強ばりを解いてもたれかかった。

大悟は美女の重みと温もりを受け止め、まだ収縮を繰り返す膣内でヒクヒクと過敏に幹を跳ね上げた。

「く……！」

彼女も敏感になったように呻き、一物の動きを封じるようにキュッときつく締め付けた。そして大悟は熱く喘ぐ琴音の息を胸いっぱいに嗅ぎ、うっとり酔いしれながら快楽の余韻《よいん》に浸《ひた》り込んでいった。

「そ、そろそろ帰らなければ……」

まだ呼吸も整わぬうち、琴音が言うなり性急に身を起こした。

彼女が懐紙《かいし》を取り出して股間に当て、一物を引き抜いて陰戸を拭《ぬぐ》うと、大悟は琴音の顔を股間に引き寄せた。

「ああ……」

彼女は屈《かが》み込んで声を洩らし、精汁と淫水にまみれた亀頭をしゃぶり、舌で綺《き》麗《れい》にしてくれたのだった。

「あう……、も、もういいです。有難うございました……」

大悟は腰をよじって言い、琴音も起き上がって手早く身繕《みづくろ》いをした。

「近々、帰参《きさん》なさるのですね……」

彼女が髪の乱れを整えながら言う。

「事ここに到っては、そうなるでしょうね。でも琴音さんとお子の安泰のため私に出来ることは何でも致しますので」

大悟が答えると、それでもまだ不安が拭えないように、琴音は強《こわ》ばった顔にお高祖頭巾を被り、やがて静かに帰っていったのだった。

二

「琴音さんから聞いたようだが、その後のことを報告する」

翌日の昼過ぎ、手習いの子供たちが帰るのを待つように弥生が入ってきて大悟に言った。

「ええ、どうなりました」

「儀兵衛どのの遺書を尊重し、辰之助へのお咎《とが》めは無し。新たな役職に就《つ》いた日付に専念しろと、父が申し渡した」

「なるほど、ご家老が厳しく言い渡したのですね」

「ああ、辰之助はすっかり意気消沈《いきしょうちん》しながら、酒を断《た》つことも誓った」

弥生が言う。

「これで琴音さんとその子も大丈夫。大悟殿も安心だろうから、心晴れて帰参し姫との婚儀に備えるがいい」

「はあ、本当にそれで良いのでしょうか……」

言われて、大悟は不安げに答えた。

千津との婚儀は身に余る光栄なのだが、すっかり慣れた気ままな長屋暮らしと別れを告げるのは何となく寂しいし、今度は、そう多くの女とも会えなくなるだろう。

大悟は、あれほど念願だった家名の存続と父の汚名返上がなされたというのに浪人根性が沁み付いてしまったようだ。

むろん贅沢《ぜいたく》な悩みで、これほどの幸せは無いのである。

「姫のたっての願いだ。そなたにも異存はなかろう。ただ、さすがに藩の元目付が死んだのだから、すぐというわけにもゆかぬだろうが、やがてそなたにも然《しか》るべき役職と屋敷が与えられよう」

「はい。それまでは子供たち相手に手習いを教えています」

「ああ、月代《さかやき》も剃《そ》っておくと良い」

弥生は言い、話を終えると土間に降りて心張り棒《しんばりぼう》を噛ませ、また上がって自分の家のように床を敷き延べた。

「これからも、弥生様と情交出来るでしょうか」

「姫様のお許しがあれば、私はいつでも」

互いに脱ぎながら話した。

「ただ、三人も楽しくて燃えるが、やはりこうして二人きりの方が良い」

「それは、私も同じです」

大悟も答えながら、全裸になっていった。

確かに三人も贅沢で豪華ではあったが、それは滅多《めった》にない祭のようなもので、やはり本来の淫靡《いんび》なる秘め事は、密室の一対一に限ると二人とも心から思ったようだ。

やがて互いに一糸まとわぬ姿になると、二人で布団《ふとん》に横たわりもつれ合った。

「アア……、姫のものになると分かっても、可愛《かわ》ゆくてならぬ……」

弥生が感極まったように肌をくっつけて囁《ささや》き、熱烈に唇《くちびる》を重ねてきた。

大悟も舌をからませ、女丈夫の火のように熱い息を嗅ぎながら生温かな唾液を貪った。

そして美女の唾液と吐息を心ゆくまで味わうと、弥生は彼を仰向けにさせ、耳たぶを噛み、頬や首筋を舐め降りて乳首を吸い、歯を当ててから股間に這い降りていった。

まるで舌と歯で男を食い尽くすような勢いであった。

大悟が大股開きになると、弥生は股間に腹這い、彼の両脚を浮かせて尻の谷間を舐めてくれた。

「あう……！」

ヌルッと舌が潜り込むと彼は呻き、肛門でモグモグと美女の舌先を味わった。

弥生も熱い鼻息でふぐりをくすぐり、中で舌を蠢かせてから脚を下ろし、ふぐりにもしゃぶり付いてきた。

睾丸を転がし、熱い息を股間に籠もらせて袋を唾液まみれにさせると、いよいよ弥生は肉棒の裏側を舐め上げ、先端をしゃぶってスッポリと根元まで呑み込んでいった。

「アア……、弥生様も、こちらに股を……」

大悟が快感に喘いで言い、弥生の下半身を引き寄せると、彼女も含んだまま身を反転させ、彼の顔に跨がってくれた。

女上位の二つ巴《どもえ》になり、彼は真下から濡れた陰戸に顔を埋め、茂みに籠もった濃厚な汗とゆばりの匂いで鼻腔を満たした。

そして大量の淫水が溢れている割れ目内部を舐め回し、大きなオサネにチュッと吸い付くと、

「ンンッ……！」

亀頭を含んだまま弥生が呻くと、反射的にオサネを強く吸い上げた。

互いに最も感じる部分を舐め合うと、彼の目の上で桃色の肛門がヒクヒクと艶《なま》めかしい収縮を繰り返した。

さらに彼は伸び上がり、尻の谷間に鼻を埋めて蒸れた微香を嗅ぎ、舌を這わせてヌルッと潜り込ませた。

「ク……！」

弥生が息を呑み、肛門でキュッと舌先を締め付けてきた。

やがて大悟が弥生の前も後ろも存分に舐め回すと、弥生も集中できなくなったようにスポンと口を離し、身を起こしてきた。

「入れて……、下になりたい……」

弥生が言い、仰向けになって股を開いた。

彼も入れ替わりに起き上がり、本手《ほんて》（正常位）で股間を進めていった。
唾液に濡れた先端を割れ目に擦りつけて位置を定めると、感触を味わうように
ゆっくり挿入し、肉襞の摩擦と温もりを味わった。
「アアッ……！」
ヌルヌルッと滑らかに根元まで貫《つらぬ》かれると、弥生がビクッと顔を仰け反らせ、
逞《たくま》しい肉体を息づかせた。
大悟は深々と挿入して股間を密着させ、脚を伸ばして身を重ねていった。
まだ動かずに温もりと感触を味わい、屈み込んでチュッと乳首に吸い付き、舌
で転がしながら顔中で膨《ふく》らみを味わった。
左右の乳首を交互に含んで舐め回し、さらに腋の下にも鼻を埋め、腋毛に籠も
って蒸れた汗を嗅ぎ、濃厚に甘ったるい匂いで胸を満たした。
「ああ……、突いて……」
弥生がせがみ、ズンズンと股間を突き上げてきた。
大悟も合わせて腰を突き動かすと、溢れた淫水が律動《りつどう》を滑らかにさせ、すぐに
もクチュクチュと淫らに湿った摩擦音が聞こえてきた。
「す、すぐいきそう……、もっと強く奥まで……」

弥生がクネクネと身悶えて言い、彼も股間をぶつけるように激しく動きながら彼女の首筋を舐め上げ、喘ぐ口に鼻を押し込んで濃厚な花粉臭の息で鼻腔を刺激された。

たちまち弥生の膣内の収縮が活発になり、彼を乗せたまま力強く股間を跳ね上げはじめた。大悟は暴れ馬にしがみつく思いで必死に股間を合わせ、自分もジワジワと絶頂を迫らせていった。

「い、いく……、アアーッ……！」

とうとう先に弥生が声を上ずらせ、ガクガクと狂おしい痙攣を起こして気を遣ってしまった。

続いて大悟も、大きな快感に全身を包まれ、熱い大量の精汁をドクンドクンと勢いよくほとばしらせた。

「あう、いい……！」

噴出を感じた弥生が駄目押しの快感に呻き、キュッときつく締め付けてきた。

大悟も激しく小刻みに股間を突き上げながら心ゆくまで快感を味わい、最後の一滴まで出し尽くしていった。

そして満足しながら徐々に突き上げを弱めていくと、

「アア……、良かった、すごく……」

弥生も力を抜いて息も絶えだえになって言い、グッタリと遠慮なく彼に体重を預けてきた。

やはり彼女も生身の男を知ってしまうと、すっかり張り型などどうでも良くなったようだ。

まだ膣内が名残《なごり》惜しげな収縮をキュッキュッと繰り返し、刺激された幹がヒクヒクと過敏に内部で跳ね上がった。

そして大悟も力を抜いて弥生の温もりと重みを受け止め、熱く悩ましい刺激を含むと息を間近に嗅ぎながら、うっとりと快感の余韻を味わった。

「最初は姫の求めに応じて、そなたが妙なことをせぬか監視する役目だったのだが、私の方がすっかり虜《とりこ》になってしまった……」

弥生が重なったまま、呼吸を整えながら言った。

大悟もまた、まさか恐れてもいたこの剣術指南役と懇《ねんご》ろになってしまうとは夢にも思わなかったものだ。

ようやく彼女がそろそろと身を起こし、懐紙で陰戸を拭うのではなく、混じり合った体液に濡れた一物にしゃぶり付いてきた。

「あう……、ど、どうかもうご勘弁を……」

大悟はクネクネと腰をよじりながら呻いたが、弥生は執拗に舌を這わせ、ヌメリを綺麗に吸い取ってくれたのだった……。

三

「いよいよ、咲の婚儀が決まりました」

美保が、大悟の部屋で頭に剃刀《かみそり》を当てながら言った。

今日は盥《たらい》に水を張り、月代を剃ってもらっているのだった。

「そうですか。それはお目出度《めでた》いですね」

「でも、こうしておつむりを整えるということは、大悟さんは藩のお屋敷へ戻ってしまうのですか」

美保が寂しげに言う。

「いえ、殿やご家老に謁見《えつけん》するためです。まだしばらくは、ここに住まわせてもらって子供たちの面倒を見るつもりですので」

「そう、それなら良かった。手習いをしている子供たちがどこからか噂を聞きつけて、不安がっていたようですよ」

美保が安心したように言い、甲斐甲斐《かいがい》しく剃刀を滑らせた。

子供たちはもちろん、美保や咲にももうおいそれとは逢えなくなってしまう。

大悟は、肩越しに感じる美保の甘い吐息に、いつしかすっかり勃起してしまっていた。

「でも、驚きました。大悟さんが大藩の家臣だったなんて。事情は知らないけれど、近々藩に戻れるのですね」

「ええ、ここでの暮らしが気に入っているのですけれど。とにかく、お咲ちゃんの婚儀の時には、お祝いを出しますからね」

「それは嬉しいわ。ご浪人ではなく、れっきとした大藩のお侍《さむらい》からのお祝いなら お店にも箔《はく》が付きます」

美保が言い、何度か盥で剃刀を漱《すす》いでは頭を剃り、やがて手拭《てぬぐ》いで拭《ふ》いてくれた。そして剃刀を拭いて手拭いに包んで置き、今度は櫛《くし》で髪を梳《と》いてから髷《まげ》を結い、紙縒《こよ》りの元結いできつく縛った。

余りの紙縒りを鋏《はさみ》で切り、剃り残した部分がないか月代を撫《な》で回した。

たまに切られた毛が項《うなじ》に付いていると、フッと息を掛けて取り除《のぞ》いてくれ、そのたびに彼はビクリと反応してしまった。

「まあ、感じているの？」

美保は苦笑して言い、甘ったるい匂いを揺らめかせた。

「さあ、これで良いでしょう。男ぶりも上がりました」

美保《みほ》が正面に回って見惚れたように言い、大悟もいよいよ我慢できなくなって手早く床を敷き延べてしまった。

「まあ、まだ盥も洗っていないのに」

「そんなのはあとでいいです」

大悟が言って先に脱ぎはじめると、美保もまた彼の世話をしている間から淫気を湧《わ》かせていたように、すぐにも帯を解きはじめてくれた。

全裸になった彼が布団に仰向けになると、美保も腰巻まで取り去り、一糸まとわぬ姿で迫ってきた。

白く肉づきの良い熟《う》れ肌からは、生ぬるく甘ったるい汗の匂いが艶《なま》めかしく濃厚に漂《ただよ》っていた。

「すごく勃ってるわ……」

美保が屈み込み、幹に指を添えて舌を伸ばし、鈴口をチロチロと舐め回してくれた。

「アア……、気持ちいい……」

大悟も身を投げ出し、うっとりと喘いで快感を味わった。

美保は丸く口を開いてスッポリと喉の奥まで呑み込み、上気した頬をすぼめて吸いながら熱い息を籠もらせた。

口の中では生温かな唾液に濡れた舌が、ヌラヌラと滑らかに蠢き、たちまち肉棒全体は美しい後家《ごけ》の唾液にどっぷりと浸った。

「ンン……」

美穂は熱く鼻を鳴らしながら、小刻みに顔を上下させて、濡れた口でスポスポと強烈な摩擦を繰り返してくれた。

大悟もズンズンと突き上げていたが、急激に高まったので、

「い、いきそう……」

言うと彼女も、すぐに動きを止めてスポンと口を離してくれた。

「ね、足を顔に乗せて」

仰向けのまませがみ、彼女を顔の方へ引き寄せると、

「そんな、立派なお侍の頭に戻ったばかりなのに……」

美保は尻込みした。しかし彼が足首を握って引っ張ると、淫気に負けたように身を起こし、壁に手を付いてそろそろと足裏を乗せてくれたのだった。

「ああ、変な気持ち……」

美保が声を震わせて喘ぎ、ガクガクと膝を震わせた。

大悟は足裏に舌を這わせ、指の間に鼻を割り込ませて蒸れた匂いを貪った。

そして舌を挿し入れ、汗と脂の湿り気を味わい、もう片方の足も味と匂いを堪《たん》能《のう》し尽くしたのだった。

「アア……、もう堪忍《かんにん》……」

美保が身をくねらせ、足を引っ込めた。

「ね、ゆばりを出すところを見せて」

「そ、そんなこと無理です。厠《かわや》じゃないのだから……」

大悟がせがむと、美保はビクリと身じろいで答えた。

「その盥を跨いで出してみて」

彼も身を起こし、美保の身体を押しやり盥を跨がせてしまった。

「ああ……、こんなところでするなんて……」

美保は喘ぎながらも、出しても良い場所と体勢になると、興奮に突き動かされながら下腹に力を入れ、尿意を高めはじめてくれた。

大悟も腹這い、彼女の濡れた陰戸を覗《のぞ》き込んだ。

指で陰唇を広げると桃色の柔肉がヌメヌメと潤い、見る見る蠢いてポタポタとゆばりが放たれてきた。

水の張られた盥にせせらぎが聞こえてくると、

「アア……、見ないで……」

美保が両手で顔を隠して喘ぎ、たちまち勢いを増してゆばりが注がれた。

しかしあまり溜《た》まっていなかったか、すぐにも勢いが衰えると、

「こっちへ来て跨いで」

大悟は手を引いて言い、再び布団に仰向けになり、強引に美保に顔を跨がせてしまった。

「あう……、いけません……」

まだ余りの雫《しずく》が滴っているので、美保は声を震わせて尻込みしたが、彼は下からしっかりと豊満な腰を抱え、股間を顔に引き寄せてしまった。

柔らかな茂みに鼻を埋め込んで嗅ぐと、生ぬるく蒸れた汗とゆばりの匂いが濃厚に鼻腔を刺激してきた。

胸を満たしながら舌を這わせ、ゆばりの雫をすすりながら奥まで舐め回すと、たちまち溢れた淫水が淡い酸味を含んで舌の動きを滑らかにさせた。

「アァッ……、駄目……」

美保はしゃがみ込んで朦朧《もうろう》と喘ぎ、ムッチリと張り詰めた内腿を震わせた。

大悟は味と匂いを貪り尽くすと、豊かな尻の谷間に潜り込み、顔中に双丘を受け止めながら蕾に鼻を埋め、蒸れた微香を嗅いで高まった。

蕾に舌を這わせて息づく襞を濡らし、ヌルッと潜り込ませて滑らかな粘膜を探ると、

「く……」

美保が呻き、肛門でキュッときつく舌先を締め付けてきた。中で舌を蠢かせると、陰戸から溢れた蜜汁が糸を引いて彼の鼻先に滴った。

大悟が再び割れ目に戻ってヌメリをすすり、オサネに吸い付くと、

「も、もう堪忍、入れたいわ……」

美保がビクッと股間を引き離して口走った。

「じゃ跨いで入れて下さい」

大悟が言うと、すっかり高まった美保も自分から移動し、仰向けの彼の股間に

跨がってきた。

先端に陰戸を押し当て、腰を沈めてゆっくり膣口に受け入れていった。

張り詰めた亀頭が潜り込むと、あとはヌルヌルッと滑らかに根元まで納まり、彼女も完全に座り込んで股間を密着させた。

「アア……、奥まで感じるわ……」

美保が顔を仰け反らせて喘ぎ、若い一物を味わうようにキュッキュッときつく締め付けてきた。大悟も自分にとって最初の女である美保の膣内で幹を震わせ、温もりと快感を味わった。

彼女は何度かグリグリと股間を擦り付けてから身を重ねてきたので、彼も両手で抱き留め、両膝を立てて豊満な尻を支えた。

潜り込むようにして乳首を吸い、舌で転がしながら柔らかな膨らみを顔中で味わった。

「ああ、いい気持ち……」

美保が喘ぎながら、待ちきれないように腰を遣いはじめた。

大悟は左右の乳首を交互に舐めて吸い、さらに腋の下にも鼻を埋め込み、湿った腋毛に籠もる濃厚に甘ったるい汗の匂いに高まった。

下からもズンズンと股間を突き上げはじめると、たちまち二人の動きが一致して股間がぶつかり合い、ピチャクチャと淫らな摩擦音が聞こえてきた。

大悟は白い首筋を舐め上げ、ピッタリと唇を重ねていくと、

「ンンッ……！」

美保も舌をからめながら熱く鼻を鳴らした。

大量の淫水が溢れて股間がビショビショになり、彼の肛門の方にまで生温かく伝い流れてきた。

「アア……、い、いきそう……」

美保が口を離し、淫らに唾液の糸を引きながら熱く喘いだ。

その口に鼻を押し付けて嗅ぐと、乾いた唾液の匂いに混じり、彼女本来の甘い白粉臭の吐息が鼻腔を悩ましく刺激してきた。

「ね、思い切り唾《つば》を吐きかけて……」

「そ、そんな……、立派な武士のお顔に……」

「どうか強く」

何度もせがむと、美保も興奮を高めながら唇に唾液を溜め、大きく息を吸い込んで止めると口を寄せ、ペッと思い切り吐きかけてくれた。

湿り気ある息の匂いと共に、生温かな唾液の固まりがピチャッと鼻筋を濡らし頬の丸みを伝い流れた。

「気持ちいい……」

「アア、こんなことさせるなんて……」

大悟が突き上げを強めて喘ぐと、美保も膣内の収縮を活発にさせながら、顔を濡らした唾液を拭い取るように舌を這わせてくれた。

舌のヌメリを感じ、唾液と吐息の匂いに包まれ、大悟は顔中を美女の唾液でヌラヌラとまみれさせながら、とうとう昇り詰めてしまった。

「く……！」

快感に呻き、熱い大量の精汁をドクンドクンと勢いよくほとばしらせると、

「い、いく……、アアーッ……！」

噴出を感じた途端に美保も気を遣って喘ぎ、ガクガクと狂おしい痙攣を開始した。大悟は、心ゆくまで快感を嚙み締めながら、最後の一滴まで出し尽くしていった。

満足しながら突き上げを弱めていくと、

「ああ……、溶けてしまいそう……」

美保も声を洩らし、熟れ肌の硬直《こうちょく》を解きながらグッタリと体重を預けてもたれかかってきた。

彼は美女の重みと温もりを受け止め、まだ収縮する膣内でヒクヒクと過敏に幹を震わせた。

「ああ、まだ暴れているわ……」

美保もキュッキュッと敏感に締め付け、大悟はかぐわしい吐息を嗅ぎながら、うっとりと快感の余韻を嚙み締めたのだった……。

四

「月代を剃ったら、急に男っぷりが上がったわね」

「そう、大さんなら押しかけ女房に来る女ぐらい、いくらでもいるんだろう？」

大悟が井戸端で洗濯をしていると、長屋のおかみさん連中も一緒に洗いながら口々に言った。

みな四、五十代で小鬢《こびん》に膏薬《こうやく》を貼り、気さくで良い人たちだが、大悟がそそるような女は一人もいなかった。

夫は職人が多く、息子たちも独立している家ばかりだった。

「そんな女、どこにもいませんよ」

大悟が笑って答えると、一人のおかみさんが長屋の入り口を見て目を丸くした。

「あ、あれごらんよ、何だろう……」

言うと、皆そちらの方に目を遣った。

大悟も見ると、何と豪華な乗り物が停まり、戸が開いて可憐《かれん》な美女が優雅《ゆうが》に出て来たではないか。

「どこぞのお姫様かねえ」

「ええ、なんでこんな長屋の前に……」

おかみさんたちが言うと、彼女は担ぎ手の陸尺《ろくしゃく》たちを帰し、小脇に荷を抱えてこちらにやって来たのである。

それは、千津であった。

簪《かんざし》も挿さず絢爛《けんらん》たる着物でもなく、ことさらに質素《しっそ》な着物を着ているが、持って生まれた美と気品は隠しようもなかった。

おかみさんたちが洗濯の手も止めて、呆然と見守っている前まで千津が来て頭を下げた。

「大悟様に嫁《とつ》いで参りました、千津と申します。よろしくお願い申し上げます」

彼女が言うと、

「へ、へえ……」

おかみさんたちは度肝《どぎも》を抜かれながらも、曖昧《あいまい》に返事をした。

「と、とにかく中へ」

大悟は慌てて洗ったものを丸めて抱え、千津に言った。

そしておかみさんたちの視線を背に感じながら千津を促し、いちばん奥にある自分の部屋に入ったのだった。

とにかく上がらせると、千津は物珍しげに室内を見回した。

「驚きました……」

座布団もないが、とにかく座って言うと、千津も差し向かいに端座《たんざ》した。

「あらためまして、ふつつか者ですがよろしくお願い致します」

「い、いや、婚儀はまだでは……」

「ええ、儀兵衛殿の喪《も》が明ける頃には婚儀を行い、然るべき屋敷へと移ります。此度《こたび》のことは爺《じい》の許しを得て、大悟様の暮らしがどのようなものか見聞《けんぶん》に参ったのです」

「さ、左様《さよう》でしたか……」

　大悟は、ほっと肩の力を抜いた。

「気が済むまで何日か住まわせて頂きますので。これは夕餉《ゆうげ》のため仕出しを持って参りました」

　千津が、荷を解いて重箱を出した。

「分かりました。ただ食事は、長屋にいる限り飯を炊《た》いて味噌《みそ》汁を作り、干物を七輪《しちりん》で焼くのが仕来《しきた》りのようなものですので、明日からはそのようにとお心得下さいませ」

「承知致しました」

「それから厠も外ですし洗濯は井戸端なので、さっきのようにおかみさん連中に始終《しじゅう》見られることになります。出来ましたら明日にでもお帰り願えると、お互いにとって良いことと存じますが」

「帰るときは私に決めさせて頂きますので」

　千津が、未知の暮らしへの好奇心に目を輝かせて言った。

　まあ大悟も、千津は明日にも嫌になって帰るだろうと思い、今はそれ以上言わないことにした。

「これが、大悟様の二親《ふたおや》のご位牌《いはい》ですね」

千津が簡素な仏壇を見て言い、前に座ると神妙に手を合わせた。

大悟も落ち着くと、思い出したように丸めた洗濯物を持って、裏庭の物干しへと行った。

「私が致しますので」

「いいですよ、下帯もあるのですから」

「いいえ、したいのです。そうそう、これは弥生からの祝いの品です」

千津が言い、懐から何か包みを出して彼に渡すと、裏庭で甲斐甲斐しく洗濯物を干しはじめた。

大悟は仕方なく姫君に洗濯物を任せ、座敷に戻って包みを開いた。

出てきたのは、木彫りの観音像だ。弥生が彫ったらしく、荒々しく稚拙《ちせつ》ではあるが野趣《やしゅ》溢れる出来である。

頭の部分が黒ずんでいるので、ハッと思い当たった。

これは弥生が初物を捧げた張り型なのだろう。先端には、生娘《きむすめ》だった頃の弥生のヌメリが沁み付いているはずだ。

もう張り型は不要なので像を彫って大悟に渡し、今後ともたまにで良いから情交しようと言っているような気がした。

彼は笑みを浮かべ、観音像を親の位牌に並べて置いた。

「干し終えたらお掃除を致しますので」

「どうか無理なさらぬように。私は湯屋へ行って参りますので」

大悟は千津に言い、一人で長屋を出てきてしまった。

「だ、大さん……、さっきのお姫様は……」

まだ洗濯中のおかみさんたちが、興味津々《しんしん》で訊《き》いてきた。

「ええ、長屋暮らしなど無理でしょうから一日二日で屋敷へ戻ると思いますが、いる間はお世話をかけるかも知れません」

彼は言い、足早に湯屋へと行ったのだった。

どうせ千津はすぐ出てゆくだろうから、今はいちいち大家の美保に報《しら》せる必要もないだろう。

そして身体を流し、長屋に戻ってくるとちょうど日が傾きはじめた。

千津は掃除も終え、重箱を開けて夕餉の仕度《したく》をして待っていた。

「お帰りなさいませ」

「ああ、綺麗になっています。お掃除《そうじ》お疲れ様でした」

大悟は言い、やがて二人で豪華な夕餉を済ませた。

「おかみさんに厠を訊いて、ちゃんと用を足すことが出来ました」

千津が言う。姫君からすれば、何から何まで新たな体験なので、胸がいっぱいのようだった。

そして洗い物を終えると床を敷き延べた。

大悟も最初は戸惑っていたが、寝る段になると待ちに待った思いで、千津を促して脱いでいったのだった。

五

「ああ、すごく胸が高鳴っています……」

全裸で布団に横たわった千津が、声を震わせて言った。

供のものもおらず、屋敷以外に泊まるなど生まれて初めてのことである。

それだけ家老も理解があり、大悟のことも信頼されているようだった。

大悟は覆いかぶさり、千津の乳首にチュッと吸い付いて舌で転がし、もう片方にも指を這わせながら顔中で膨らみを味わった。

「アア……」

千津もビクリと反応し、か細い喘ぎ声を洩らしはじめた。

大悟は左右の乳首を順々に含んで舐め回し、さらに腋の下にも鼻を埋め込み、和毛《にこげ》に籠もった甘ったるい汗の匂いを貪った。彼女は初めての冒険でいつになく汗ばみ、匂いも今までの中で一番濃厚であった。

千津はくすぐったそうに身をくねらせ、熱い息遣いを繰り返した。

彼は姫君の体臭で充分に胸を満たしてから、白く滑らかな肌を舌でたどっていった。

愛らしい臍《へそ》を探り、張り詰めた下腹に顔中を押し付けて弾力を味わい、腰の丸みからムッチリとした太腿、脚を舐め降りた。

足首まで行って足裏に回り込み、踵《かかと》から土踏まずを舐め、上品に揃った指の間に鼻を押し付けて嗅ぐと、そこはやはり生ぬるい汗と脂に湿り、蒸れた匂いが濃く沁み付いていた。

貪るように嗅いでから爪先にしゃぶり付き、桜色の爪を舐め、順々に指の股に舌を割り込ませて味わった。

「あう……」

千津が呻き、少しもじっとしていられないほど身悶えはじめていた。

大悟は両足とも味わい尽くし、股を開いて脚の内側を舐め上げていった。

滑らかな内腿をたどり、熱気と湿り気の籠もる股間に迫り、陰唇を指で広げると、すでに快楽を覚えはじめた膣口が妖《あや》しく息づき、大量の蜜汁にヌメヌメと潤っていた。

吸い寄せられるように顔を埋め込み、柔らかな若草に鼻を擦りつけて嗅ぐと、そこもムレムレになった汗とゆばりの匂いが馥郁と籠もり、悩ましく鼻腔を刺激してきた。

大悟は胸を満たしながら舌を挿し入れ、淡い酸味のヌメリを味わい、息づく膣口から小粒のオサネまでゆっくり舐め上げていった。

「アアッ……、何と、いい気持ち……」

千津が顔を仰け反らせて喘ぎ、内腿でキュッときつく彼の両頬を挟み付けてきた。大悟ももがく腰を抱え込み、チロチロと弾くようにオサネを刺激しては、新たに溢れる淫水をすすった。

そして味と匂いを堪能してから、千津の両脚を浮かせ、白く丸い尻の谷間にも鼻を埋め込み、薄桃色の蕾に籠もる蒸れた匂いを嗅いだ。

胸に広がる刺激が、激しく勃起している一物に心地よく伝わってきた。双丘に顔中を密着させ、チロチロと蕾の襞を濡らし、ヌルッと潜り込ませると、

「あう……！」

千津が呻き、キュッときつく肛門で舌先を締め付けてきた。

大悟も内部で執拗に舌を蠢かせ、淡く甘苦い粘膜を探った。

充分に味わってから舌を離し、脚を下ろして再び陰戸に舌を這わせ、人差し指をヌルッと潜り込ませて内部の天井を探ると、

「く……、ゆばりが漏れそう……」

千津が息を詰めて言った。

「構いません。して下さいませ」

大悟は言って指を抜き、仰向けになりながら彼女を顔に跨がらせた。

千津も四つん這いになって彼の顔に股間を押しつけ、下腹に力を入れた。

「ああ、出そう……」

「どうぞ、いつでも」

真下から言うと、すぐにもチョロチョロと熱い流れがほとばしってきた。

大悟は口に受け、噎せないよう気をつけながら夢中で喉に流し込んだ。

「アア……」

千津は喘ぎながら、次第に勢いを付けて放尿した。

しかし、あまり溜まっていなかったか、間もなく流れが治まり、大悟はこぼさず飲み干すことが出来て満足だった。

残り香の中でポタポタ滴る余りの雫をすすり、割れ目内部に舌を這わせると、また新たな淫水が溢れて淡い酸味のヌメリが満ちていった。

「あう……、こ、今度は私が……」

絶頂を迫らせたか、千津が言ってビクリと股間を引き離すと、自分から彼の股間に顔を移動させていった。

大悟が受け身体勢で大股開きになると、千津も真ん中に腹這い、何と彼の両脚を浮かせ、尻の谷間から舐めはじめてくれた。

熱い息を股間に籠もらせ、チロチロと肛門を舐めて濡らすと、自分がされたようにヌルッと潜り込ませてきたのだ。

「く……！」

大悟は呻き、肛門でモグモグと姫君の舌先を味わうように締め付けた。

彼女が内部で舌を蠢かすと、内側から刺激されたように勃起した一物がヒクヒクと上下した。

思い立ち、彼女に留守番させて湯屋に行っておいて良かったと思った。

彼が脚を下ろすと、ようやく千津も舌を引き離し、ふぐりを舐め回した。

二つの睾丸を転がし、生温かな唾液で袋全体をまみれさせると、すぐに肉棒の裏側を舐め上げてきた。

先端まで来ると彼女は幹に指を添え、粘液の滲む鈴口を念入りに舐め、張り詰めた亀頭をくわえると、そのままスッポリと喉の奥まで呑み込んでくれた。

「アア、気持ちいい……」

大悟は快感に喘ぎ、姫君の口の中で幹を震わせた。

熱い鼻息が恥毛をそよがせ、千津は幹を締め付けて吸い、口の中ではネットリと舌をからめ、清らかな唾液で温かく肉棒を浸した。

快感に任せ、ズンズンと股間を突き上げると、

「ンン……」

喉の奥を突かれた千津が呻き、さらに多くの唾液を分泌《ぶんぴつ》させた。

「も、もう……、跨いで入れて下さい……」

すっかり高まった大悟が言うと、千津もチュパッと軽やかに口を引き離した。

「どうか、大悟様が上に……」

「正式に婚儀をしたら、そう致しますので、今はどうか姫が上で」

大悟が言うと、千津も身を起こして前進してきた。

そして一物に跨がると、先端に濡れた陰戸を押し当て、自分で位置を定めると、息を詰めてゆっくり腰を沈めていった。

張り詰めた亀頭が潜り込むと、あとは滑らかにヌルヌルッと根元まで吸い込まれていった。

「アア……、いい……」

千津は顔を仰け反らせて喘ぎ、ぺたりと座り込んで股間を密着させた。

大悟も肉襞の摩擦と締め付け、熱い温もりと潤いに包まれながら快感を噛み締めた。

そして両手を伸ばして千津を抱き寄せ、両膝を立てた。

千津も素直に身を重ねてきたので抱き留め、彼はすぐにもズンズンと小刻みに股間を突き上げはじめていった。

「ああ……、なんと、いい気持ち……」

千津がすっかり挿入快感に目覚めて喘ぎ、自分も合わせて腰を遣いはじめた。

大悟は彼女の喘ぐ口に鼻を押し付け、熱く湿り気ある、甘酸っぱい濃厚な吐息で鼻腔を満たした。

嗅ぐたびに甘美な刺激が胸に広がり、突き上げが激しくなっていった。

そのまま唇を重ねて舌をからめ、生温かな唾液に濡れて蠢く姫の舌を心ゆくまで味わった。

大量に溢れる熱い淫水で互いの動きが滑らかになり、クチュクチュと淫らに湿った摩擦音も響いてきた。

もう大悟も限界に達し、あっという間に昇り詰めてしまった。

「く……！」

大きな絶頂の快感に呻きながら、ありったけの熱い精汁をドクンドクンと勢いよくほとばしらせ、柔肉の奥深い部分を直撃すると、

「い、いい……、アアーッ……！」

噴出を感じた千津も声を上ずらせ、ガクガクと狂おしく痙攣を開始して気を遣ってしまったようだ。

大悟は、姫君を自分の手で一人前の女にしたことを嬉しく思いながら快感を噛み締め、心置きなく最後の一滴まで出し尽くしていった。

すっかり満足しながら突き上げを弱めていくと、

「ああ……、大悟様、千津と呼んで……」

千津も肌の硬直を解き、グッタリと体重を預けながら言った。

「ち、千津……」

「ああ、嬉しい……」

彼が囁くと千津も歓喜に声を洩らし、さらにきつくキュッと締め付けてきた。

そして大悟は、姫君の果実臭の吐息を嗅ぎながら余韻を味わい、この先いったい自分はどうなるのだろうかと考えた。

美保と咲の母娘とも会うことができなくなってしまう。貧しかったが、自分を男として育ててくれたこの長屋の面々の顔がよぎった。

一〇〇字書評

あらすじなく

切り取り線

購買動機（新聞、雑誌名を記入するか、あるいは○をつけてください）

□（　　　　　　　　　　）の広告を見て	
□（　　　　　　　　　　）の書評を見て	
□ 知人のすすめで	□ タイトルに惹かれて
□ カバーが良かったから	□ 内容が面白そうだから
□ 好きな作家だから	□ 好きな分野の本だから

・最近、最も感銘を受けた作品名をお書き下さい

・あなたのお好きな作家名をお書き下さい

・その他、ご要望がありましたらお書き下さい

住所	〒				
氏名		職業		年齢	
Eメール	※携帯には配信できません	新刊情報等のメール配信を 希望する・しない			

この本の感想を、編集部までお寄せいただけたらありがたく存じます。今後の企画の参考にさせていただきます。Eメールでも結構です。

いただいた「一〇〇字書評」は、新聞・雑誌等に紹介させていただくことがあります。その場合はお礼として特製図書カードを差し上げます。

前ページの原稿用紙に書評をお書きの上、切り取り、左記までお送り下さい。宛先の住所は不要です。

なお、ご記入いただいたお名前、ご住所等は、書評紹介の事前了解、謝礼のお届けのためだけに利用し、そのほかの目的のために利用することはありません。

〒一〇一－八七〇一
祥伝社文庫編集長　坂口芳和
電話　〇三（三二六五）二〇八〇

祥伝社ホームページの「ブックレビュー」からも、書き込めます。
www.shodensha.co.jp/
bookreview

祥伝社文庫

あられもなく　ふしだら長屋劣情記《ながやれつじようき》

令和元年9月20日　初版第1刷発行

著　者　睦月影郎《むつきかげろう》
発行者　辻　浩明
発行所　祥伝社《しようでんしや》
東京都千代田区神田神保町3-3
〒101-8701
電話　03（3265）2081（販売部）
電話　03（3265）2080（編集部）
電話　03（3265）3622（業務部）
www.shodensha.co.jp
印刷所　萩原印刷
製本所　ナショナル製本
カバーフォーマットデザイン　中原達治

 ISBN978-4-396-34564-8 C0193

〈祥伝社文庫　今月の新刊〉

渡辺裕之
血路の報復　傭兵代理店・改
男たちを駆り立てたのは、亡き仲間への思い。狙撃犯を追い、リベンジャーズ、南米へ。

深町秋生
P O《プロテクションオフィサー》　守護神の槍
警視庁身辺警戒員・片桐美波
「警護」という、命がけの捜査がある——。闘う女刑事たちのノンストップ警察小説！

柴田哲孝
KAPPA
何かが、いる……。河童伝説の残る牛久沼に、釣り人の惨殺死体。犯人は何者なのか!?

西村京太郎
十津川警部　わが愛する犬吠《いぬぼう》の海
ダイイングメッセージは何と被害者の名前!?　銚子へ急行した十津川に、犯人の妨害が！

笹沢左保
異常者
〝愛すること〟とは、〝殺したくなること〟
男女の歪んだ愛を描いた傑作ミステリー！

花輪如一
詐話師《さわし》　平賀源内
万能の天才・平賀源内が正義に目覚める！
騙して仕掛けて！　これぞ、悪党退治なり。

睦月影郎
あられもなく　ふしだら長屋劣情記
艶やかな美女にまみれて、熱帯びる夜——。
元許嫁との一夜から、男の人生が変わる。

野口　卓
羽化《うか》　新・軍鶏侍
偉大なる父の背は、遠くに霞み……。道場を継ぐこととなった息子の苦悩と成長を描く。

山本一力
晩秋の陰画《ネガフイルム》
時代小説の名手・山本一力が紡ぐ、初の現代ミステリー。至高の物語に、驚愕必至。